变与不变

吉卜力的文学

〔日〕铃木敏夫 著

米杏 译

南海出版公司

新经典文化股份有限公司
www.readinglife.com
出 品

GHIBLI NO BUNGAGU
by Toshio Suzuki
©2017 by Toshio Suzuki
Originally published in 2017 by Iwanami Shoten, Publishers, Tokyo.
This simplified Chinese edition published 2024
by ThinKingdom Media Group, Ltd., Beijing
by arrangement with Iwanami Shoten, Publishers, Tokyo

Special thanks to:
Ryo Asai, Fuminori Nakamura, Nobuo Kawakami, Naoki Matayoshi, and Natsuki Ikezawa.

代序
《方丈记》与吉卜力工作室

我读《方丈记》的唯一原因是想了解宫崎骏，可谓动机不纯。当时我与宫崎骏刚认识不久，他是堀田善卫的粉丝，曾受到《方丈记私记》的强烈震撼。虽说是初识，我却感觉彼此很是投缘，想把他读过的书尽量找来读一读，否则恐怕难以对话。所以我阅读《方丈记私记》，最初只是出于义务。

然而，随着阅读不断推进，我不由得被深深吸引。堀田先生敏锐地指出，现代亦为乱世，一如中世时期曾经历的那样。此番言论让我茅塞顿开。回顾1945年3月10日的东京大空袭，城市化为一片焦土，民众走投无路，那情景竟仿佛与八百年前鸭长明的遭遇相重合。堀田先生一边读着《方丈记》，一边思索日本的现状以及将来。这本书的内容大致如此。

其中最令我感兴趣的是堀田先生的另一观点。他认为，鸭长明以亲身经历记录侵袭古都京都的天变地异——安元之大火、治承之龙卷、福原京迁都、养和之饥馑、元历之地震——这些文字竟完全如现代的纪实报道一样准确详尽。同时，堀田先生自己也对满目疮痍的东京做了翔实的记录。我在进入动画领域前曾做过记者,身处出版界的最末端。我的工作就是将所见所闻原原本本地呈现给第三者。对于堀田先生的视角与立场,我备感亲切。其后,我陆续阅读了堀田先生的所有著作,逐渐明白他是对生于乱世的历史观察者、记录者抱有浓厚兴趣的作家。

但可以毫不讳言的是,宫先生对这方面毫无兴趣。他只是喜欢对《方丈记私记》中描写的平安时代末期及东京的风貌展开一连串想象,并在心中不断拓展,对细节探究求实。在这些方面,他不遗余力。宫先生热衷于穿越到自己想象的时代与风景中,来一场时间旅行,徜徉于内,行走其中。这是他的爱好。

宫崎骏或许与他给人的印象截然不同。他以《龙猫》为代表的多数作品都是明快向上的。另一方面,他也有《风之谷》这样的作品。在这部作品中,末世的色彩极为浓厚。我认识宫先生时,他就是一位悲观主义者,而且还不是一般的悲观主义者。精神上悲观的人,身体也会连带受损。他曾多日失眠,双目肿胀,最后甚至无法行走。可以想象一下《魔法公主》中乙事主临终前的那一幕。年岁五百、身形庞大的乙事主是统领镇西(九州)的野猪之王。他就是宫先生的化身。不过,悲观至深往往也会促使新的作品诞生。

关于宫先生从何时起,又因何缘故成为一名悲观主义者,我不甚明了。只是他对事物的很多看法都会引起我的共鸣。我意识到,潜伏在心底的灰暗是宫崎骏的创作原点。

读完《方丈记私记》,我也确定了自己今后的人生位置。在理解宫崎骏式误读的同时,我也要正确地解读书中内容。我认为这是自己在工作岗位上应该起到的作用。否则,宫先生的所思所想将难容于世。这是我的真实想法。

那是在制作《龙猫》时发生的事。宫先生想在全片结尾处加上风景的变迁:河流变成高速公路,田野上高楼林立,完全成了另一番景象。看到宫先生画出来的概念图,我不顾一切地站出来反对。在我看来,在片末一改整部片子的风格基调,是对观众的背叛。

后来,每当堀田先生的新书面世,我俩都会很默契地举办一场两个人的读书会,交流读后感。每次读书会的结尾,我们总是会谈到《方丈记私记》。宫先生在接受采访时也不止一次提到《方丈记》。

再往后,我们终于与堀田先生本人结识。每年新年刚过,我们就会到坐落于逗子的堀田府上拜访。这几乎成了一年一度的仪式,直到堀田先生离世。可以说,能与堀田先生活在同一个时代,是我们的幸运。

我们曾带着放映设备到堀田先生位于东京代代木的公寓里,请先生观看《风之谷》。也曾请来司马辽太郎先生做嘉宾,与堀田先生和宫先生围坐而谈。在东京和大阪两地,三人畅谈日本,时间加在一起超过了十个小时。这些谈话最后结集成《时代的风声》这本书。为此,堀田先生在晚年举办了有生以来唯一一次出版纪念派对,我能有机会出席这样的活动,每每忆及都深觉荣幸。

一转眼,三十年岁月已逝。回首望去,这些年里我不知自己读过多少遍《方丈记私记》。

写到这里,我终于注意到一件事,那就是宫崎骏与《方丈记》之间渊源颇深。如此后知后觉,说出来真是令人难以置信。我为自己的愚钝感到羞愧。

《圣地的入口:京都下鸭神社式年迁宫之祈愿》,主妇之友社,2014年

目 录
Contents

代序　/ i

热风吹来之路　/ 1

人生的书橱　/ 37

与作家们畅谈　/ 69

此时此地　/ 157

推荐词　/ 259

后记　/ 303

致中国读者　/ 308

自分がやっているのに
自分がやってるんじゃない。
プロデューサーという仕事。

热风吹来之路 I

吉卜力作品回顾

自己在做，
却非一己之力。
这就是制作人的工作。

《风之谷》尚未完结

我在大银幕上观看了《风之谷》。这是时隔二十六年的重逢。我的旁边坐着宫先生。试播间里灯光暗下来后，我莫名地紧张起来，双手紧握，手心里全是汗。《风之谷》开始播放。影片完成后我不会再看第二次，不想看，否则无法继续工作。但这次情况特殊。

去年年末，就在《崖上的波妞》的BD（蓝光光碟）制作完成的当天，迪士尼方面前来咨询，希望我们能够确定下一张BD的选题。继《波妞》之后，接下来要将哪部作品做成蓝光呢？我从来没有考虑过这个问题，但却当场答复说："就做《风之谷》吧。"当时在座的吉卜力和迪士尼相关人士表情全都僵住了。因为大家考虑的是《天空之城》，似乎都理所当然地认为，《风之谷》是应该制成BD的"最后一部作品"。而在给出答复的同时，另一个想法也在我的心中逐渐成形。

《风之谷》在1984年3月公映。包括真人版在内，当时的日本电影几乎都是直接由胶片洗印出来的。现在多会另外制作一套胶片用于冲洗，但在当时，直接洗印是很普遍的做法。《风之谷》大约有一百卷胶片。如果洗印这么多数量，会伤及底片，加重损害，更别提还有老化的问题。如果用现存的胶片进行洗印，做出来的大概是与刚上映时截然不同的东西，特别是色彩会呈现完全不一样的效果。我一直希望有一天能够修复胶片，使之恢复当年公映时的美。对于曾经参与制作《风之谷》的我来说，这也是一项长年的课题。

以摄影部的奥井敦为中心，大家开始商讨《风之谷》底片的制作方针。奥井并未直接参与过《风之谷》的制作。对于以什么样的标准来做出底片，他虽然可以推测，却无法把握关键之处。无论如何，数字技术能够克服一切。将旧版换新颜完全是轻而易举的事情。于是我们得出结论，还是由导演宫先生来决定，除此之外别无他法。宫先生参加了会议，他的意见单纯简洁。

宫先生平日里工作结束后回到家中，经常会看迪士尼频道的电视节目。电视里播放的是经过数字"调色"处理之后的一系列老作品。对此，宫先生之前就曾表达过自己的看法：简直就是亵渎！所以对数字处理，他是持否定意见的。他认为，用数字技术处理经典名片，会使它们变成粗鄙、毫无格调的作品。原版不可能是这种模样。这是对原创者的冒犯。在宫先生看来，经历了一定的岁月，作品看上去陈旧是必然的。他自己就是在这样的条件下欣赏到了过去那些名作。无论技术进步到何种程度，也没人有权利翻新旧作。这就是宫先生的意见。

综合以上意见，我们决定尊重最初上映时的原片，不进一步做美化处理，只将洗印过程中的伤痕去掉。跳色（上色失误）则保留原样，诸如此类。

奥井非常尊重宫先生的意见，他花了两个月的时间，忠实地完成了数字转化。将底片一格一格扫描，逐格数字化，这无疑是一项非常需要耐心的工作。

3月1日，终于迎来了试映这天。了解当年制作过程的团队成员如今几乎都不在吉卜力了。宫先生一度拒绝观看，我说服他和我一起。只有寥寥几名制作团队的成员来观影。我提前十分钟进入试映间，宫先生已经在里面等候了。

　　两三天前我就看出他心神不定。等待与《风之谷》重聚的宫先生明显兴奋起来。

　　影片结束。团队成员聚集在会议室，等着听宫先生的感想。宫先生终于开了金口。他首先发表感想，说看起来很有古旧感，然后说了一句令人印象深刻的话：铃木，在技术方面，我们已经走了这么远啊。

　　讨论结果是以这次的画面为基础，只做少量修正。宫先生的要求只有一个：在必要的几个地方稍微增加一点儿绿色。

　　隔日，奥井来到我的办公室，说道："宫崎先生掉眼泪了呢。"我回答他："《风之谷》尚未完结。"无论对我还是对宫先生来说，每一次剪辑，都会让我们记起当时发生的事。当然也会有遗憾，比如曾认为它已经足够好。

迪士尼"吉卜力大珍藏"《风之谷》
新闻资讯，2010 年

崇洋媚外
《龙猫》与《萤火虫之墓》

"西洋迷"一词曾广为流行。它原本是贬义，讽刺那些认为西洋事物样样都比日本更好的人。比如，在夏目漱石的《哥儿》中出现的"红衬衫"就是一个典型的例子。二战结束后，这个词在意思上多少有了些改变。

人们无法喜欢在战争中败给美国的日本，也不想对美国摇尾示好。这时，另一个西洋——欧洲越发受人青睐。不同于美国，欧洲有古老的传统和悠久的历史。

于是，新的"西洋迷"便出现了。它指那些憧憬欧洲、亲近欧洲文化的人。

高畑勋与宫崎骏也不例外。他们二人都是那个时代的天才。

他们以欧洲为背景舞台，创作了《阿尔卑斯山的少女》《三千里寻母记》。他们对制作这样的作品没有任何抵触，不仅没感受到异样，反而感到开心。这都是那个时代的特色。

然而，随着时间的推移，他们二人发生了很大的改变。不知从何时起，他们开始渴望制作以日本为背景、日本人为主人公的作品。

宫崎骏曾说过这样的话："我对日本欠下了债。我想偿还。"

《龙猫》和《萤火虫之墓》就此诞生，两部影片同时发行上映。在今日看来，以日本为舞台的作品已不稀奇，但在当时日本的动画界，它们是令人耳目一新的大胆创举，具有划时代的意义。如今回首，这两部影片的企划已经是二十五年前的事情了。就这样过去了四分之一个世纪。

最近有句话让我印象颇深：幸亏日本输掉了战争。

我想，当年如果赢了战争，日本可能真的就变成了一个令人厌恶的国家。

迪士尼"吉卜力大珍藏"《龙猫》《萤火虫之墓》
新闻资讯，2012年

人类的生存方式只有两种
《儿时的点点滴滴》与《魔女宅急便》

那是距今二十多年前的事情。

曾经有个流行语叫作"career woman"。翻译过来是"事业型女性"。时代对这样的女性产生了需求。

"她们中能成功的有多少?"有一天,高畑突然很认真地问我。

"大概百分之五吧。"我毫无根据地答道。

高畑陷入沉思。过了一会儿,突然冒出来另一个疑问:"那,剩下百分之九十五的人,以后该怎么办呢?"

二十七岁的妙子就这样诞生了。

在魔女的世界里,会飞并不算什么特别的能力。那与读书好、画画好、体育好几乎是一样的。即使琪琪开始了宅急便的业务,也没有生意成功、公司越做越大、最后当上社长之类的野心,每天能够平安无恙地度过便万事足矣。宫先生开始制作这部电影时,就是这样告诉团队成员的。

人类的生存方式只有两种:胸怀远大目标,并努力去达成。或者关注眼前的日常，勤勤恳恳，开创未来。琪琪和妙子的共同点在于，她们的生活态度都属于后者。

高畑勋与宫崎骏这两个人，无论身处什么样的时代，都与潮流背道而驰。在他们身上，有着现代生活的某种启示。

迪士尼"吉卜力大珍藏"《儿时的点点滴滴》《魔女宅急便》
新闻资讯，2012年

波鲁克为什么会变成猪？
《红猪》

宫崎骏喜欢坐电车。

因为他是名人，大家都会有些担心，但是他扬言："表情凶狠一些，就不会有人注意我了。"

实际情况根本不是这样。乘客们只是善解人意，装作没认出他而已。他本人却不这样想。有一次，我们俩坐电车，一位乘客过来索要签名。我小声婉拒之后，对方也就放弃了。下车以后，快走到目的地时，宫先生突然发起了脾气："都是因为铃木在旁边，所以才会被人认出来！"

换作是我，一定也会装作懵然不知，无视宫先生。这件小事并不单纯是个笑话。我认为它展现了宫崎骏的部分本质。

宫先生画《红猪》的分镜时，曾让我吃了一惊。

长着一张猪脸的主人公若无其事地走在街上，但是谁见了都不觉得奇怪。明明长着猪脸的只有他一人。宫先生问我感想，我不假思索地脱口而出："波鲁克为什么会变成猪？"

"这种问题真是太无聊了。"

他说，就是因为要解释因果关系，日本电影才会那么无趣。但宫先生还是应我的要求，将吉娜的情节加了进去。

"怎么样？这下懂了吧？"

制作电影时，宫先生从不俯视事物。或者说，他认为不可以那么看。所以他的言行有时看起来非常奇特。

这次经历令我亲身体会到，宫崎骏确实是一位创作者。

迪士尼"吉卜力大珍藏"《红猪》

新闻资讯，2013年

真正的制作人
《海潮之声》

企划往往始于并不那么单纯的动机。这部作品的企划始于原德间书店编辑三木早苗女士。该项目最初由她设想并策划。她请当今最受欢迎的作家冰室冴子写下原著，又请吉卜力以原著为基础将故事搬上大银幕。冰室女士当时是集英社的作家，德间书店要介入难度极高。我不得不佩服三木手段高明，会想到将吉卜力作为诱饵来实现计划的办法。

三木的看家本领是喝酒，喝多少也不会醉。她的特长在喜欢喝酒的冰室身上得到了很好的发挥。但在我的记忆中，总是冰室将烂醉到不省人事的三木早苗送回家。冰室从来不介意这种事情。大概因为她也习惯或者厌倦了那些在宴请中过度紧张、丝毫不敢放松的编辑吧。冰室第一次到访吉卜力时，兴高采烈地给我们讲了三木的醉酒逸事。

因此，当三木早苗陪着冰室到吉卜力来的时候，一切已经尽在掌握了。作家与编辑的地位来了个大逆转，作家反而成了受虐狂。三木早苗说话总是云里雾里的，很不着调，督促她竟然变成冰室的工作。

项目进展得非常顺利。最近的电影中，主人公经常是坏孩子。如果让优等生做主人公会怎样呢？故事背景在土佐高知。这是一组以地方城市为舞台、高中生们最终奔赴大城市的青春群像。毕业时分成两拨，从高知去东京的人和去关西的人。冰室认为这是趣味所在，要一口气把故事讲完。三木早苗笑眯眯地坐在一旁，不停点头附和。故事名为《海潮之声》。

　　在《Animage》上开始连载后，拍摄计划很快同步进行，确定下来在日本电视台播出，时间定在假日下午。吉卜力的常用班底聚在一处，所有人在三木早苗的指挥下活跃着。说起来，早在制作《魔女宅急便》时，三木早苗就已经策划好了冰室与宫崎骏的对谈。

　　时间已经过去二十二年。冰室不幸早逝，三木早苗在德间书店继续做了很久的编辑。她的名字虽然没在电影里出现，但从前面的故事中可以看出，她才是这部影片真正的制作人。

迪士尼"吉卜力大珍藏"《海潮之声》

新闻资讯，2015年

从猪到狸猫
《平成狸合战》

这段往事如今想起来也觉得荒诞。

宫先生有一天突然提出:"猪之后是狸猫!"

怪招频出的一方已经够让人惊讶,从容接招的那位也令人佩服。

而且影片居然大获成功,现实往往比小说还要离奇。回想当时的经过,一开始宫先生是这样说的:

"我已经以自己为主人公做了一部片子。这次该阿朴来拍了。"

阿朴指的是高畑勋导演。

宫先生为什么会提出这样的建议呢?我到现在也不太明白。当我将此话转告给高畑时,他也迷惑不解。

"什么意思?"

我准备好了现成的答案:

"日本自古以来就有很多以狸猫为题材的有趣故事。高畑你也曾极力主张日本人应该将其影像化。现在不正是绝好的机会吗?就接下来吧!"

高畑并不是个在这种时候会点头说好、痛快答应的人。

这点我当然也知道。我只需要一个契机。只要有了契机,接下来就好办了。不，应该说是必须办成。我相信高畑一定会有所行动。我坚信这点，每天去高畑府上拜访。

之后发生的种种事情，我会找机会再谈。

以狸猫为题材，高畑制作出一部空前绝后的虚构"纪录片"。

这是真实发生的事件：人们准备炸掉一座山，在那里建造社区。作为原住民的狸猫们能否忍气吞声地看着这种事情发生呢？应该不会吧。它们一定会对人类发起挑战。以复兴变身术为主线本就很有看头，再加上故事背景设定在现代，日本传统的狸猫故事就这样重生为一部电影杰作。

提出该方案半年后开工，到剧本完成又用了半年时间。记忆越来越向着遗忘的方向远去，但有一点我敢肯定，也不止一次说过，无论面对什么样的企划，高畑都可以帮助我使其成形，我坚信这点。

迪士尼"吉卜力大珍藏"《平成狸合战》

新闻资讯，2013年

近藤喜文的背影
《心之谷》

　　出于需要，我找出《心之谷》来看。距上次观看已经有十七年了。一开始看我就感到惊奇：动画真了不起，仅根据人物的动作就能够表现出一个人的性别、年龄和性格。主人公月岛雯和她的姐姐，以及她们的母亲、父亲，每个人的感觉都不同。上半身，特别是手部的动作各具特点，走动起来更是一目了然。画面具有空间感和纵深感。一家人吃饭的时候，团地①厨房的空间大小体现出拥挤感。正因为狭窄拥挤，家人间的距离才变得很近。生活在团地的人家就是这样的感受。画面是会呼吸的。架构起这些画面的背景也很好，从夏到秋，季节分明，简直就是绘画的典范。

　　在月岛雯访问地球屋的片段里，她从楼梯上跑下来，平时看惯的城市景观呈现出截然不同的面貌，她有些吃惊，随后目光又被眼前的景象吸引。这时镜头竟然是从后背的角度呈现。过去的动画中，曾有过用背影来展示的先例吗？

　　影片导演是今已故去的近藤喜文。他终年四十七岁，是我的同

---

① 第二次世界大战后，随着经济腾飞、城市化进程加快，日本大量兴建的一种密集而廉价的住宅区。

代人。近藤导演为什么能做出如此优秀的作品呢？努力，才能，还有时代与运气都缺一不可。相较之下，现在的吉卜力如何？在制作《来自红花坂》的最后阶段，观看以往的全部作品是非常辛苦的工作，但我看了之后感觉很好。

　　回到工作室，我立刻跑到宫先生的办公桌前。看到我神情有异，宫先生便问发生了什么事。我从头到尾跟他说了一遍，叹了口气，回到自己的位子继续工作。不一会儿，宫先生出现在我面前："关于刚才你讲的事情，接下来我想……"

迪士尼"吉卜力大珍藏"《心之谷》
解说文，2011年

时代的转折点
《魔法公主》

不是为了自己,而是为了他人而战。我从幼时起就认为主人公应该是这样的存在。娜乌西卡为了风之谷的五百人而战。这完全可以接受。观众对主人公是有共鸣的。

《魔法公主》的主人公阿席达卡却不一样。阿席达卡不是为了别人,完全是为了自己而战。身体健康的阿席达卡因手臂上的诅咒印记被迫离开村庄,因为这印记对村民们来说是禁忌。

出发时的配乐必须要反映阿席达卡复杂的心境。宫先生按他的思路向久石让提出了要求。我当时很苦恼:这样真的可以吗?我认为主人公启程需要的是一种雄壮感。

在我坦白说出自己的苦恼后,久石答应作两支曲子。完成的曲子都很美。到底选哪一支呢?在我要做决定的时候,久石让冲我使了个眼色。宫先生毫不犹豫地选择了雄壮感。

在那之后,很多片子里的主人公都开始为自己而战。现在回想起来,制作《魔法公主》时,时代正处于一个非常重要的历史转折点。

迪士尼"吉卜力大珍藏"《魔法公主》新闻资讯,2013 年

"千与千寻"的加倍奉还

这篇文章我准备谈谈语言之可畏。有时候，一句话就可以改变命运。那大概是 2000 年秋天的事。我走在赤坂街头，偶然遇到了朋友藤卷直哉。就是后来演唱《崖上的波妞》主题曲、以博报堂员工的身份参加了年末红白歌会的那个藤卷。

那天我们俩刚好都有空，就坐在一起喝茶，谈到了将在第二年夏天上映的《千与千寻》。也许藤卷觉得自己是个不相干的局外人，对该片的发行，他不负责任地做出了如下预想：

"不用管它也一定会大卖的。大家都这么说哦！说票房起码能达到《魔法公主》的一半呢！"

噌的一下，这句话像是点着了一把火，我莫名其妙地生起气来。什么？原来大家都这么想！影片的相关人员每次见面都很严肃，一副讳莫如深的样子，绝口不提"乐观"一词。听到藤卷的这番话我才知道，自己熟悉的相关人员全都抱着可以轻松过关的态度。而宫崎骏的上一部作品《魔法公主》刚刚创下票房纪录。

从这天开始，我对这部作品的态度发生了很大变化。我化身为魔鬼，执拗地较上了劲。你说一半，我偏要剑指翻倍。用最近的流行语来说就是"加倍奉还"。该做的事情有两件。首先是定下宣传内容。一般人会觉得这是千寻与白龙的爱情故事，但我不这样认为。这是千寻与无脸男的故事。导演有时根本不知道自己做出来的是什么。当我用无脸男宣传时，宫崎骏一脸惊讶地出现在我面前："铃木，你要用无脸男做宣传？"

我若无其事地回答他说："因为这是千寻与无脸男的故事啊！"

我还准备将院线数量与宣传数量也增加到《魔法公主》的两倍。为此我与发行的责任人取得了联系。

2001年夏，《千与千寻》大大突破《魔法公主》的纪录，创下了不朽的成绩。那是超出预想的、令人难以置信的数字。

《千与千寻》为何创下如此辉煌的纪录？作品自然是好的。宣传也很顺利，发行也功不可没。一切都很完美，但我仍然忘不了藤卷的那番话。

迪士尼"吉卜力大珍藏"《千与千寻》
新闻资讯，2014年

与宫崎骏交往的方式
《猫的报恩》

在吉卜力,起用年轻人拍电影是个重大课题。

第一,会被拿来跟宫崎骏的作品比较。这对年轻人来说无异于惨无人道的折磨。第二,宫崎骏就在身边。没有经历过的人无法体会那种巨大的压力。很久以前,某部电影起用了一位年轻导演,怎知不到两周时间,这位导演就因十二指肠溃疡住进了医院。

《猫的报恩》是在《千与千寻》之后制作的。在一部超级热卖的作品之后,由谁来执导是个令人头疼的问题。我苦恼了很久,最终决定起用森田宏幸。

他具有无人能及的韧性。身为动画师,在连续画面和动作的处理上也广受认可。我知道他的目标是担纲执导。

森田开始制作《猫的报恩》后,宫先生像是粘在了森田的桌子旁。我的心中掠过一阵不安:森田有放弃做导演的危险,搞不好他会跑路。

宫先生想到什么都会说出口,还会画出来给森田看,速度非同寻常。一般人跟不上他,最后只能逃开。

但森田不一样。他不仅不逃,还经常提出问题,逮到宫先生就问个不停,一直问到自己完全听懂并接受为止。

一开始,宫先生非常耐心地回答他,但随着次数的增加,宫先生也开始不耐烦。到最后,逃跑的反而是宫先生。

森田终于如愿以偿,按照自己的节奏制作出了《猫的报恩》。

迪士尼"吉卜力大珍藏"《猫的报恩》《吉卜力传2》

新闻资讯,2013年

无法选择的东西
《哈尔的移动城堡》《地海战记》

人无法选择出生的时代。

宫崎骏制作电影时,也是在与时代搏斗。

魔法师们与魔鬼签约,化身为诡异的怪物战斗,这就是这个时代的"战争"。

会魔法的哈尔是唯一一个无意战争、终日无所事事的人。

在他面前出现的,是被女巫诅咒、变成九十岁老奶奶的苏菲。

二人在哈尔的城堡里过上了奇妙的同居生活。

他们渐渐心意相通。

但那座城堡,是一座用四只脚走路、人见人怕的"移动城堡"……

人无法选择家人。

宫崎吾朗有一个伟大的父亲,他生活在与父亲的搏斗中。

他的人生与主人公亚刃的人生重合。

在世界的平衡开始崩坏的时代,人们惊慌失措又漫无目的。

他人的眼中映射出的,是梦幻,是死亡,抑或是另外的世界。

人类的头脑变得不可理喻。

大法师格得出现在心中藏有黑暗力量的少年亚刃面前。
为了找出灾难的根源,两人一起踏上通向世界尽头的旅途……

将目光从残酷的现实上移开,还是直面现实而活?
人无法选择出生的时代,也无法选择家人。
其中有矛盾纠葛,人生的重大意义也在于此。

迪士尼"吉卜力大珍藏"《哈尔的移动城堡》《地海战记》
新闻资讯,2011年

日本人与战争
《风起》

喜欢战斗机，却讨厌战争。宫崎骏是个矛盾的人。他在对人类的绝望与信赖之间的狭小空隙中活着。为什么会这样？

很多人不知道的是，宫崎骏拥有很多战争相关的知识。无论是日本还是世界的战争史，他都非常熟悉。特别是谈到苏德战争时，他更是热情高涨。关于大大小小的局部战役，能找到的书他都读过，而对于作战中使用的战斗机、装甲车等装备的种类，他如数家珍，知识储备非常丰富。据他说，苏德战争造成了两千万人的死亡。他判定其为人类所经历的最愚蠢的战争。

他比谁都渴望和平，年轻时曾多次参加反战游行，现在也抱有同样的想法。

五年前，他开始构思一部连载漫画，以设计零式战斗机的堀越二郎为主人公。今天我们刚刚谈过这件事，他的《风起》创作笔记中记录的时间是2008年。

作为比较了解他的人，我当然会建议他将《风起》拍成电影，但他的反应非常冷淡。

"铃木你是不是哪里不正常？这套漫画我是因为个人兴趣才画

的，怎么能拍成电影呢！""动画电影是拍给孩子们看的，不是用来塑造大人物的。"

但我紧追不放。要具备爱凑热闹的精神，这是制片人的基本素养。如果以战争为题材，宫崎骏会制作出什么样的电影呢？战斗画面宫先生应该擅长。而且他一定不会做出好战的作品。当创作者擅长的东西被压抑时，往往会成就杰作。

最初提出该想法是在2010年的夏天。后来我又与宫先生谈了几次。终于，在那年的秋天……

"我知道了。能不能拍成电影还需要商讨。年底前答复你。"

企划的确定日期我也不会忘记：那年的12月28日。新年一过，宫先生马上着手创作分镜。二郎的年少时代与关东大地震，再到二郎与菜穗子的相遇，他在很短的时间内就画出来了……

那天刚好是"3·11"大地震的前一天。

战后六十八年，抱着对人类的绝望与信赖生活至今的，不只宫崎骏一人。我确信只有这个主题，才是日本人共同面对的首要问题。

2013年5月28日

《风起》宣传册，2013年

重要的氏家齐一郎
《辉耀姬物语》

如果没有氏家齐一郎，就不会有这部电影。一切都源于氏家先生的一句话：

"我喜欢高畑的作品，特别是《隔壁的山田君》。我非常想看高畑导演的新作，由我来出资，赔钱也没关系，就算是送给自己的人生最后的礼物。"

就这样，《辉耀姬》的企划确定下来，开始制作。但对于氏家先生玩票性质的行为，并非所有人都举双手赞成。不仅如此，对这项企划以及高昂的制作费抱有疑虑的意见占了绝大多数。从经济合理性来考虑，这是一场鲁莽的试验。

当时没人敢向氏家先生面对面陈述意见。连悄悄递话的人都没有。大家都不知道该通过什么渠道将想法传达给他。氏家先生就是这么恐怖的存在。那是2005年的事。

因为各种原因，影片的制作迟迟没有进展。2011年，氏家先生与世长辞。在去世前不久，氏家先生读了剧本，也看了制作到一半的分镜。

"辉耀姬真是个任性的姑娘啊！我就喜欢任性的女孩。"

这句话给我留下了深刻的印象。当我转达给高畑时，他喜笑颜开，神情中不乏得意之色。

氏家先生去世之后，虽然大家都没有明说，但所有参与制作的人员都对这项企划的前景心怀不安。拂去大家心中疑虑的，是日本电视台的现任社长大久保好男先生。

要继承氏家先生的遗志。大久保先生说得非常明确。众所周知，这部影片的上映日期也推迟了。我们去向大久保先生汇报进展，立刻得到了追加的预算。那笔费用可以与大制作的真人电影相匹敌。

可以想象，就算他曾有顾虑，也尽了最大努力没有表现出来。大久保先生应对从容，面不改色。

后来，大久保先生到《辉耀姬》的制作现场来探班。看过贴在墙上的所有画页之后，他很直率地表达了感想："像你们这么做，确实会推迟啊。"

制作超级大作的条件就是拥有实力雄厚的赞助者。做出来——这几个字意义重大。如果没有能说出这几个字的赞助者，就不可能实现大胆的企划。氏家先生在故去之后依然活在我们当中，成为这部作品不可或缺的人物，让我行动起来，让高畑行动起来，对打破其他人员心中的顾虑也起了决定性作用。

以上就是我要将逝者的名字放在演职员表最前面的原因。

《辉耀姬物语》宣传册，2013 年

两张海报
《回忆中的玛妮》

请比较一下《回忆中的玛妮》与"胡桃夹子玩偶与老鼠国王展"的海报。乍看之下两幅画无甚关联，但仔细看的话会发现它们重叠在了一起。细看之下，金发女孩和睡袍是用同样的手法画出来的，两个少女的年龄也相仿。

宫先生曾批判过米林宏昌画的玛妮。"麻吕就喜欢画美少女，而且还是金发美少女……"

麻吕是大家对米林宏昌的爱称。宫先生这句话也是在指责日本人面对西方事物时抱有的自卑感。后来，宫先生为"胡桃夹子玩偶与老鼠国王展"绘制了海报。站在画面正中间，向着前方走来的就是主人公玛丽。并非以某个特定的人物为对象，而是表现整体，这种画法很恰当。那是一幅很有魅力的作品，画中人物仿佛呼之欲出。

有人告诉我，宫先生曾经跑到制片人的办公室来，问在场的几位女性制作人："睡袍应该怎么画？"一个人指着电影的宣传海报说，就像这样。宫先生看了之后喜形于色，笑嘻嘻地回了自己的工作间。当然，宫先生以前就知道这张海报的存在。

最后宫先生完成了这幅作品。一开始谁都没有注意到，但有个工作人员点破说：

"这个小姑娘，就是玛妮吧。"

原本连我也没注意到，听了这句话才定睛去瞧，果然没错。宫先生究竟打的什么主意呢？显而易见的是，毫不在意退休云云的宫崎骏依然生龙活虎。这是对趁宫先生缺席时在吉卜力坦然创作的麻吕发出的挑战书。

如果麻吕的画在宫先生的意料中，他一定会一笑置之。但那是对宫先生造成威胁的作品。麻吕描绘的人物拥有目前为止吉卜力谁都没有的吸引力。

看到玛妮，喜爱吉卜力的观众们会做何感想呢？这是我关于这部作品的隐秘的乐趣。

《回忆中的玛妮》宣传册，2014 年

吉卜力的最新作品来自法国
《红海龟》

  2016年5月，吉卜力携迈克尔·度德威特执导的影片《红海龟》首次参加戛纳电影节。回想起来，那也是一段漫长的征程。我们筹划邀请迈克尔拍摄一部动画长片是2006年秋天的事。迈克尔是制作动画短片的高手。

  他在《父与女》这部仅八分钟的作品中，生动地描绘了一位女性的人生。看了这部作品，我突然非常想看迈克尔制作的长篇动画。吉卜力能够提供协助的话就可以——这是迈克尔提出的条件。我马上与高畑勋导演商谈，他答应全力配合。

  同时，我也与法国的电影制作兼发行公司Wild Bunch的制片人，和吉卜力有着三十年交情的文森特·马拉瓦尔取得了联系。脚本的制作现场在欧洲，这对文森特来说最好。文森特在东京惠比寿观看了《父与女》，非常喜欢，当场拍板决定合作。准备工作开始推进，确定脚本却花了一些时间。

  关于电影剧情，迈克尔想要讲述一个男人漂流到一座无人岛上的故事。《鲁滨孙漂流记》在全世界广为人知，类似的作品比比皆是，但我确信，如果由迈克尔来制作，一定会有些特别的东西在里面。我的梦越做越大。

迈克尔开始与高畑交流，过程无比艰难。日本与迈克尔居住的英国相距太远，尽管可以利用先进的电子设备，彼此的想法却很难得到沟通。英国毕竟在地球的另一端。我们向迈克尔提出建议，问他可不可以在日本创作脚本。

原本就很喜欢日本的迈克尔痛快地答应了。他来到日本，在吉卜力附近租了一间公寓，每天与高畑面对面讨论。以讨论内容为基础，迈克尔开始整理自己的想法。转眼间一个月过去，脚本和分镜进展顺利，迈克尔也掌握了长篇动画的制作方法，离开了日本。

从向迈克尔提出邀约那年算起，到影片最终完成，花了将近十年的时间。意外耗时的是资金调度与合约问题。迈克尔是完美主义者，我最担心的是动画师们画出来的东西他不满意，从而提出要全部自己画，好在是我杞人忧天。实际制作满打满算用了三年。迈克尔为人理性，自控能力很好，非常出色地完成了动画长片的执导工作。在六十二岁时，迈克尔拿出了他的长片处女作。身为一名经验丰富的短片大师，迈克尔哪怕偏执顽固、一意孤行也不足为奇，然而他是一名非常理性的导演。

影片完成后，戛纳电影节发来邀请。该片获得"一种关注"单元的提名。动画影片获得这个单元的提名似乎非常罕见。提名获得全体评委的一致通过。就这样，我方制作人员得以远渡重洋，代表吉卜力首次出席戛纳电影节。

《红海龟》最终在戛纳获得"一种关注"评审团特别奖。评委点评说，该片的画面与音效充满诗意，电影本身别具一格。

《红海龟》宣传册，2016年

吉卜力的建筑

了解宫先生的人一致认为，宫先生电影中的建筑的最大特征就是"中空的螺旋楼梯"。以最近的作品为例，就是《来自红花坂》中的拉丁楼。这部电影虽然是吾朗的作品，片中的建筑却由宫先生亲自设计。

"有了建筑，就能成就一部电影。"

进入建筑内，仰头望去是广阔的中庭，楼梯螺旋上升。其中堪称翘楚的当数《千与千寻》中的汤屋，此外还有吉卜力美术馆里被称为中央大厅的广阔空间。访问美术馆的人看到中空的螺旋楼梯，会不自觉地昂首仰望，仿佛在一瞬间变身为电影的主人公，迷失在作品当中。

在此必须提到的是，吉卜力美术馆的设计也经由宫先生之手。

到这里是任谁都能想象的宫崎骏的幻想空间。但宫先生所做的事远不止这些。他还有不为人知的一面，从半径三米内展开想象。在决定建造吉卜力的第一间工作室的时候，宫先生首先提起了停车场的问题。

先种上大树。在树与树的间隔处，见缝插针地布置停车场。他与我交谈时不断展开想象,其中有两件事最令我感慨。

首先,他不想用混凝土做停车场的地面。宫先生说,建筑都败在停车场上。他告诉我可以用地砖代替水泥。细节我已记不太清楚,只记得他说,施工时地砖不必严密对接,而要露出些泥土,留出缝隙铺设。

遇到雨天,雨水会从地面渗入泥土里,不容易积水,对周围树木的生长也会起到良好作用。我记得我还看到过照片,的确很美。像从木屑的空隙里露出泥土,有种别样的风情。他还说"想让那里长出杂草来"。

另一件让我感到吃惊的事是他制作的表格。他对工作室中开车上班的人的车型全部了如指掌。

"在入口旁做一个车位。铃木的车子停在那里。"

而且,停车位只做四个。他说超出四个会破坏景观。他一边想象颜色各异的小汽车停放时的景致,一边确定停车场的大小。一进吉卜力工作室的大门,当然会有天井,再往里走就是螺旋楼梯了。

美术馆的设计也是宫崎骏风格。首先建造了少年的房间。这个房间是他从祖父那里继承的。一整面墙都贴着概念图,飞机和翼龙从天花板垂吊下来。宫先生亲自勾画了房间的效果图。或许我的记忆不太准确,当时他设计了大约十六个房间。宫先生说,只要把这些房间逛上一遍,就会对电影制作有个大致的了解。结果,当他将自己的设计套用到实际的空间中时,才发现完全装不下。宫先生很是气恼:"这块地怎么这么小啊!"

但那是一开始就确定下来的。井之头公园对建筑物的高度也有严格限制。宫先生完全无视规定,只按自己的意愿设计,当然放不进去。有一天,宫先生突然开开心心地找到我:"咱们往地下挖就好了嘛!"

这样一来可以多出一层楼。这个想法非常聪明,但会多花很多钱。虽然没有装下所有的房间,但终于大致成形了。这个世间罕有的奇想空间,就这样打造出来了。从入口处走下台阶,来到中央大厅抬头仰望,中枢神经会产生奇妙的反应——咦?我现在在几楼?

拥有开阔天井的中央大厅宽敞通透,极具气势,会让人陷入恍惚。明明是地下一层,却会让人产生身在地上一层的错觉。明明刚刚从楼梯走下来,在漫步之时,自己究竟在几楼也变得不甚明了。那是空间狭窄造成的,颇有无心插柳之效。糸井重里为《千与千寻》撰写的多余的宣传语也派上了用场:一起成为迷路的孩子吧!

宫先生在遇到限制和阻碍时,反而更能被激发热情,解决难题。在电影制作中,我们也曾数次经历类似的情况。

某天,我从加藤周一先生那里知道了一件事情:西方人参观江户房屋建筑的时候,总会为其构造的复杂性惊叹不已,对它们的设计产生好奇。到底是怎样设计出来的呢?答案是,江户的房屋建筑没有设计图纸。日本的建筑是从局部开始建造的。首先是壁龛立柱怎么安置,立柱定下来之后,就轮到地板和天花板。一个房间建好之后才考虑相邻的房间。就这样不断地"增建"下去,直到全部建成。

与之相反,西方建筑首先考虑整体。教堂就是很好的例子。从天空俯瞰,几乎无例外是十字架型的建筑。威尼斯著名的圣马可大教堂也是这样。从正面看左右对称,再考虑局部,包括圣坛、忏悔室以及装饰。

我恍然大悟。相处多年的宫先生那些发自本能的奇思妙想,如今找到了根据。我试着回想制作《哈尔的移动城堡》时的事。

"铃木,你看这个像不像城堡?"

我对那天的问话印象深刻。宫先生先画了一门大炮，看起来像某种生物的巨大眼睛。接着他开始添加西洋风格的小屋、阳台，甚至还特意为长着大嘴的家伙添了条舌头。最后再加上巨大的滑轮等机械零件。

说句题外话，我想这就是宫先生在西方博得一片喝彩的最重要的原因。对西方人来说，他的设计不可捉摸。当地媒体评价他具有丰富的想象力，仿如毕加索再世。我根据加藤周一先生的文章理解宫先生的所作所为，并给予他适当的反馈。这只不过是其中一例。

中空的螺旋楼梯当然是受西方建筑的影响。而从半径三米内扩展，这一思维无疑是日式的。宫崎骏仍在继续建造着二十一世纪的东西方融合的建筑。

《"吉卜力的立体建筑展"图录》，2014年

さよならだけが
人生ならば
また来る春は何すだろう。
〜青山修司より〜

人生的书橱 II

我的小小阅读史

如果唯有别离才是人生,
那即将再来的春天又是什么呢?

——寺山修司

培育我成长的图书之林

● 少年时代

《青色的拥抱》 青柳裕介 SCRAP 1973

《阳光下的坡道》 石坂洋次郎 新潮文库 1962

《青春是什么》 石原慎太郎 讲谈社 1965

《看海的约翰尼》 五木宽之 讲谈社文库 1974

《桧伯的故事》 井上靖 新潮文库 1958

《我们的时代》 大江健三郎 新潮文库 1963

《倾情挥汗的作画生涯》 大塚康生 Animage 文库 1982

《人生剧场》 尾崎士郎 新潮文库 1947

《指挥》 落合博满 钻石社 2011

《战士的休息》 落合博满 岩波书店 2013

《曼波鱼大夫的青春期》 北杜夫 中央公论社 1968

《失去背号的人生》 近藤唯之 产经新闻社 1979

《三丁目的夕阳·选集·夏》 西岸良平 小学馆 1994

《燃烧吧！剑》 司马辽太郎 新潮文库 1972

《红头巾少年请保重》 庄司薰 中央公论社 1969

《杉浦茂杰作漫画全集》 杉浦茂 集英社 1957

《猿飞佐助》 杉浦茂 PEP出版 1987

《暴力挽歌》 铃木隆 TBS出版会 1976

《队长》 千叶亚喜生 集英社 1974

《小雪的太阳》 千叶彻弥 讲谈社 1978

《小说热海杀人事件》 塚公平 角川文库 1986

《无能之人》 柘植义春 日本文艺社 1988

《俗物图鉴》 筒井康隆 新潮文库 1976

《手塚治虫漫画全集》 手塚治虫 讲谈社 1977

《火鸟》 手塚治虫 讲谈社 1978

《战后诗》 寺山修司 纪伊国屋书店 1965

《时代的射手》 寺山修司 芳贺书店 1967

《雪的记忆》 富岛健夫 劲文社文库 1987

《姿三四郎》 富田常雄 东京文艺社 1986

《大菩萨岭》 中里介山 春秋社 1925

《勇鱼》 C.W.尼利尔 文艺春秋 1987

《柔侠传》 吉元男爵 双叶社 1973

《鼹鼠之歌：一个动画师的自传》 森康二 Animage文库 1984

《无面目·太公望传》 诸星大二郎 潮出版社 1989

《职棒三国志》 大和球士 棒球杂志社 1977

《人间必胜法》 山松祐吉 HIT出版社 1992

《宫本武藏》 吉川英治 讲谈社 1975

《PEOPLE》 和田诚 美术出版社 1973

● 物语世界

《何者》 朝井辽 新潮社 2012

《朝仓摄的舞台人生：1991-2002》 朝仓摄 PARCO出版 2003

《监督脱线日记》 安野梦洋子 祥传社 2005

《梅西亚斯·吉里的垮台》 池泽夏树 新潮社 1993

《阿信坐在云彩上》 石井桃子 福音馆书店 1967

《手锁心中》 井上厦 文艺春秋 1972

《闪耀星座》 井上厦 集英社 1985

《阅读诗心》 茨木则子 岩波少年新书 1979

《站前旅馆》 井伏鳟二 新潮文库 1960

《稻草人》 罗伯特·韦斯托尔 福武书店 1987

《毛毛》 米切尔·恩德 岩波书店 1976

《拉网小调》 远藤周作 读卖新闻社 1970

《我·抛弃了的·女人》 远藤周作 讲谈社文库 1972

《花影》 大冈升平 讲谈社文艺文库 2006

《织田作之助全集》 织田作之助 讲谈社 1970

《夫妇善哉》 织田作之助 新潮文库 2000

《灯火节》 片山广子等 月曜社 2004

《北斋美术馆》 葛饰北斋 集英社 1990

《微笑吧，蒙娜丽莎》 柯尼斯伯格 岩波书店 1975

《寻找宝乌尔》 川内有绪 幻冬舍 2013

《恶童日记》 雅歌塔·克里斯多夫 早川书房 1991

《凯斯特纳少年文学全集》 埃里希·凯斯特纳 岩波书店 1962

《两个小洛特》 埃里希·凯斯特纳 岩波书店 1962

《小津安二郎的艺术》 佐藤忠男 朝日选书 1978

《日本电影史》 佐藤忠男 岩波书店 1995

《第九军团之鹰》 萨特里克夫 岩波书店 1972

《当爱被裁决》 泽地久枝 文艺春秋 1979

《女儿与我》 狮子文六 新潮文库 1972

《死之棘》 岛尾敏雄 新潮社 1977

《海边的生与死》 岛尾美保 创树社 1974

《野兽国》 莫里斯·桑达克 富山房 1975

《少年》 罗尔德·达尔 早川书房 1989

《艺术的赞助者们》 高阶秀尔 岩波新书 1997

《绚烂的影绘：小津安二郎》 高桥治 文春文库 1985

《话中话》 高畑勋 Animage文库 1984

《日本美术全史》 田中英道 讲谈社 1995

《幼小心灵之歌》 谷内六郎 新潮社 1969

《第一次上街买东西》 筒井赖子等 福音馆书店 1977

《生命之河》 富山和子 讲谈社 1978

《嫌嫌园》 中川李枝子 福音馆书店 1962

《行人》 夏目漱石 新潮文库 1952

《绘本·萤火虫之墓》 野坂昭如等 新潮社 1988

《弗拉尼亚和我》 尤里·诺里斯金 德间书店 2003

《谏早菖蒲日记》 野吕邦畅 文艺春秋 1977

《白隐展（图录）》 白隐 文化村 2012

《电影是什么》 安德烈·巴赞 美术出版社 1967

《睑之母·沓挂时次郎》 长谷川伸 筑摩文库 1994

《电影术》 希区柯克等 晶文社 1981

《在垂死皇帝的王国》 诺玛·菲尔德 美篶书房 1994

《孩子的领地》 藤田顺子 Animage文库 1990

《生命的初夜》 北条民雄 角川文库 1955

《故乡：我的德山村写真日记》 增山多鹤子 贾科梅蒂出版社 1983

《忠臣藏详解》 丸谷才一 讲谈社 1984

《哪啊哪啊神去村》 三浦紫苑 德间书店 2009

《午后曳航》 三岛由纪夫 新潮文库 1968

《宫崎骏的杂想笔记》 宫崎骏 大日本绘画 1997

《阿吽》 向田邦子 文春文库 2003

《绿山墙的安妮》 蒙哥马利 新潮文库 2008

《八木重吉诗集》 八木重吉 新文学书房 1967

《没有终点的游记》 安冈章太郎 讲谈社 1995

《活着——我也能写》 山田歌子 理论社 1961

《早春素描簿》 山田太一 大和书房 1986

《柳桥物语：过去和现在》 山本周五郎 新潮文库 1964

《罗马假日》 吉村英夫 朝日文库 1994

《电影理解入门：如何解读电影》 唐纳德·里奇 吉卜力工作室 2006

《长袜子皮皮》 阿斯特丽德·林格伦 岩波书店 1964

● **《朝日艺能》相关作品**

《路上观察学入门》 赤濑川原平等 筑摩书房 1986

《夜访的民俗学》 赤松启介 明石书店 1994

《巷谈本牧亭》 安藤鹤夫 桃源社 1964

《日本电影的年轻时代》 稻垣浩 中公文库 1983

《漫画电影论》　今村太平　真善美社　1948

《战后日本思想体系3：虚无主义》　梅原猛　筑摩书房　1968

《艺人的世界》　永六辅　文艺春秋　1969

《战后秘史》　大森实　讲谈社　1975

《昭和怪物传》　大宅壮一　角川书店　1957

《从群猿到共和国》　丘浅次郎　有精堂出版　1968

《权力的阴谋》　绪方克行　现代史出版会　1976

《我是河原乞食者考》　小泽昭一　三一书房　1969

《来打亲善棒球的间谍》　考夫曼等　平凡社　1976

《昭和戏剧・电影剧作家笠原和夫》　笠原和夫等　太田出版　2002

《坏家伙们》　春日太一　文艺春秋　2013

《电影导演山中贞雄》　加藤泰　电影旬报社　2008

《反骨——铃木东民的一生》　镰田慧　讲谈社　1989

《同居时代》　上村一夫　双叶社　1986

《卖春》　神崎清　现代史出版会　1974

《不知战争的孩子们》　北山修　青铜社　1971

《〈公民凯恩〉的全部真实》　罗伯特・卡林格　筑摩书房　1995

《特攻思想》　草柳大藏　文艺春秋　1972

《恶政・枪声・乱世》　儿玉誉士夫　广济堂出版　1974

《无罪》　后藤昌次郎　三一书房　1980

《定本・日本的喜剧人》　小林信彦　新潮社　2008

《一条小百合的性》　驹田信二　讲谈社文库　1983

《人间条件》　五味川纯平　三一新书　1956

《恶太郎》　今东光　角川文库　1961

《什么是粹》 斋藤龙凤 创树社 1972

《我的田中角荣日记》 佐藤昭子 新潮社 1994

《私说笑星史》 泽田隆治 白水社 1977

《战后媒体回游记》 柴田秀利 中公文库 1995

《日本列岛虾蟆蛙》 乔治秋山 讲谈社 1973

《忍者武艺帐》 白土三平 小学馆 1966

《官员们的夏天》 城山三郎 新潮社 1975

《小说·田中绢代》 新藤兼人 读卖新闻社 1983

《私说内田吐梦传》 铃木尚之 岩波书店 1997

《惹句术》 关根忠郎等 Wides 出版社 1995

《血脉》 莱斯利·多纳 德间书店 1996

《千惠藏一带》 田山力哉 社会思想社 1987

《土门拳（爱藏版）：昭和的孩子》 土门拳 小学馆 2000

《完本·刀剑时代古装剧讲座》 桥本治 德间书店 1986

《红色挽歌》 林静一 青林堂 1972

《花与龙》 火野苇平 角川文库 1962

《笛吹川》 深泽七郎 中央公论社 1958

《我国的女人打七折》 藤原审而 德间文库 1982

《东京的地下世界》 罗伯特·怀廷 角川文库 2002

《极限民族》 本多胜一 朝日新闻社 1967

《电影发行师》 前田幸恒 德间书店 1997

《电影渡世：天之卷·地之卷》 牧野雅弘 平凡社 2002

《流浪者的家谱第三部：地狱狼篇》 真崎守 青林堂 1973

《日本的黑雾》 松本清张 文艺春秋 1973

《口述记录·野中广务回忆录》 御厨贵等 岩波书店 2012

《游侠一匹：加藤泰的世界》 山根贞男 幻灯社 1970

《下品的日本人》 柳在顺 作品社 1994

《父母想留给孩子的照片：昭和的孩子们》 学研 1986

● **人文思想**

《摇篮曲的诞生》 赤坂宪雄 讲谈社现代新书 1994

《私人读史》 阿部谨也 筑摩书房 1988

《网野善彦著作集》 网野善彦 岩波书店 2008

《异形的王权》 网野善彦 平凡社 Library 1993

《日本的中世 1～12》 网野善彦等 中央公论新社 2002

《历史的看法与想法》 板仓圣宣 假说社 1986

《新教伦理与资本主义精神》 马克斯·韦伯 岩波文库 1989

《战后日本研究》 上野千鹤子等 纪伊国屋书店 2008

《图说·近代日本住宅史》 内田青藏等 鹿岛出版会 2001

《老去的亚洲》 大泉启一郎 中公新书 2007

《中世纪的诉说：意大利的山地城市·台伯河流域》 大谷幸夫等 鹿岛出版会 1977

《社会科学的方法》 大塚久雄 岩波新书 1966

《日语的起源》 大野晋 岩波新书 1957

《树木的生命，树木的心灵》 小川三夫 草思社 1993

《人类停止成长的时代》 小此木启吾 中公丛书 1978

《大佛次郎战败日记》 大佛次郎 草思社 1995

《历史是什么？》 爱德华·霍列特·卡尔 岩波新书 1962

《加藤周一著作集》 加藤周一 平凡社 1979

《日本文学史序说》 加藤周一 筑摩书房 1975

《日本人为何选择了战争》 加藤阳子 朝日出版社 2009

《明治天皇》 唐纳德·基恩 新潮社 2001

《懒惰者精神分析》 岸田秀 中公文库 1982

《著作权史话》 仓田喜弘 千人社 1983

《如果世界是周六晚上的梦》 斋藤环 角川书店 2012

《日本的中世 12：村庄的战争与和平》 坂田聪、榎原雅治、稻叶继阳 中央公论新社 2002

《佐藤忠良：七十年雕刻生涯》 佐藤忠良 讲谈社 2008

《存在主义是一种人道主义》 萨特 人文书院 1957

《写给男人们》 盐野七生 文春文库 1993

《铃木大拙随闻记》 志村武 日本放送出版协会 1967

《西方的没落》 奥斯瓦尔德·斯宾格勒 五月书房 1971

《禅与日本文化》 铃木大拙 岩波新书 1940

《枪炮、病菌与钢铁》 贾雷德·戴蒙德 草思社 2000

《精神与物质》 立花隆、利根川进 文艺春秋 1990

《拥抱战败》 约翰·W.道尔 岩波书店 2001

《悼词》 鹤见俊辅 编辑集团 SURE 2008

《江户城》 内藤昌等 草思社 1982

《日本的历史 21：町人》 中井信彦 小学馆 1975

《我的叔父网野善彦》 中泽新一 集英社新书 2004

《以民族为名的宗教》 稻田奈达 岩波新书 1992

《斑鸠之匠：宫大工三代》 西冈常一等 德间书店 1977

《感冒的妙用》 野口晴哉 全生社 1984

《不可思议的基督教》 桥爪大三郎、大泽真幸 讲谈社现代新书 2011

《昭和史》 半藤一利 平凡社 2004

《意识与社会》 斯图亚特·休斯 美篇书房 1970

《人口减少社会的希望》 广井良典 朝日选书 2013

《幻象》 丹尼尔·布尔斯廷 东京创元社 1964

《性史》 米歇尔·福柯 新潮社 1986

《网络"连接"令人无法忍受的轻率》 藤原智美 文艺春秋 2014

《"日本人论"再考》 船曳建夫 讲谈社学术文库 2010

《逃避自由》 艾瑞克·弗洛姆 东京创元社 1965

《堀田善卫全集》 堀田善卫 筑摩书房 1974

《戈雅》 堀田善卫 新潮社 1974

《方丈记私记》 堀田善卫 筑摩文库 1988

《历史决定论的贫困》 卡尔·波普尔 中央公论社 1961

《中世的光和影》 堀米庸三 讲谈社学术文库 1978

《日本的思想》 丸山真男 岩波新书 1961

《青春已矣》 三浦雅士 讲谈社 2001

《田野调查·被遗忘的村落》 宫本常一 岩波文库 1984

《民俗学之旅》 宫本常一 讲谈社学术文库 1993

《英国与日本》 森岛通夫 岩波新书 1977

《蛇与十字架》 安田喜宪 人文书院 1994

《远野物语·山的人生》 柳田国男 岩波文库 1976

《山崎正和著作集》 山崎正和 中央公论社 1982

《近代的拥护》 山崎正和 PHP研究所 1994

《气候讲述的日本历史》 山本武夫 SOSHIETE文库 1976

《唯脑论》 养老孟司 筑摩学艺文库 1998

《阅读夏目漱石》　吉本隆明　筑摩书房　2002

《帝国的残影》　与那霸润　NTT 出版　2011

《赖肖尔日本史》　埃德温·赖肖尔　文艺春秋　1986

《孤独的人群》　大卫·理斯曼　美篶书房　1964

《忧郁的热带》　列维－施特劳斯　中央公论社　1977

《看日本：逝去的面影》　渡边京二　平凡社 Library　2005

《连接铃木敏夫与宫崎骏的二百三十二本书》，小柳晓子整理，《AERA》，2014 年 8 月 11 日

寺山修司的《战后诗——尤利西斯的缺席》

我年轻时曾贪婪地阅读寺山修司的书，这本是其中之一。1967年，学生运动的前夜。古登堡印刷机的发明取代了人们亲自发声。我为书写出来的东西着迷不已。

"印刷机器将'语言'统一起来，为知识的发展发挥作用，并很快诞生了'大规模的沟通交流'。但谁也未曾在意过，将我们纤细的感情表达出来的词句、呐喊、低语，全是嵌在同等大小的铅铸模具里的活字，这是如此可怕。"

寺山坦白自己"厌恶历史"。

历史"只是诉说'过去的时光'，或是倾听'大概会来的日子'，并不是现在进行时的事物"。这与地理完全不同。

"我坚持认为整个世界都是地理性的存在。比起国家，从土地出发考虑问题更加新颖，也更加人性化。"

以此为基准，寺山对战后诗的优劣进行批判。

当时我是否正确理解了寺山的文章，很值得怀疑。但我却为寺山华丽而颇具挑战意味的写作技巧着迷，并自行咀嚼，无论自己的理解方式是对还是错。当时我想，正确的理解不妨日后再说。

寺山是生活在语言世界里的天才。所谓思考，就是以"语言"为单位进行构筑的过程。只了解这点就已意义非凡。

其后，我以《论历史在个人上的作用问题》为题目写了毕业论文。这当然是受到寺山的影响。

四十五年过去，我借此机会重读寺山的著作，渴望与当年的自己再度重逢。

《书架漫游》，《新闻赤旗》，2012 年 1 月 8 日

二十岁的读书笔记
野坂昭如、织田作之助和深泽七郎

我读完《萤火虫之墓》就成了野坂昭如的粉丝,找来《事色者》《美国羊栖菜》等野坂的小说和随笔,如饥似渴地阅读。除了内容精彩,很少使用句号而是用连绵不断的逗号叙述的奇妙行文方式也令我着迷。当我得知这种文风是受作家织田作之助的影响后,我又找到织田作之助的《夫妇善哉》,结果又成了后者的书迷,当时文库版的分类书架上只有这一部织田作之助的作品,后来讲谈社终于出版了全集。

我马上买到第一卷和第二卷,读了《合驹富士》《青春悖论》等作品。无奈作为一个穷学生,苦于囊中羞涩,余下的六卷无力买齐,遂下决心等有钱的时候再买,怎料日后渐渐也就淡忘了。但从已读的织田作之助的作品中得知,他有些内容受井原西鹤的影响。我当时对古典文学比较发怵,觉得以自己的水平理解井原西鹤还有困难,于是决心等年纪大一些,学到更多东西之后再去阅读。结果如今我已经六十四岁了,依然未曾拜读过。

后来我又遇到了深泽七郎。虽然《楢山节考》比较有名,但我更喜欢《笛吹川》。我喜欢深泽的理由,与迷上野坂和织田作之助有共通之处。

战争中年幼的兄妹（《萤火虫之墓》）、大阪的平民生活（《夫妇善哉》）、战国时代的农民们（《笛吹川》），虽然题材各不相同，但它们的共同点在于：第一，书中人物都是可怜又滑稽的弱者。过去，文学为了弱者而存在，强者不需要文学这种东西。其本质在当今时代依然未变。第二，这几本书都讲述了打破宗教与伦理禁忌之人的生存方式。第三，文章的描写以及表现手法都非常淡然，与笔下人物之间的距离感深得我心，让我感到身心舒畅。

喜爱野坂昭如、织田作之助、深泽七郎这三位作家，让我进而逐渐明白自己是一个怎样的人，那就是我二十岁时的读书体会。

1971年左右，深泽在东武曳舟车站附近开了一家名叫"梦屋"的今川烧小店，如果我没记错，开业庆典在浅草的木马馆举行，我作为工作人员负责接待客人。深泽七郎是第一位我得以近身相见的作家。

大学毕业进入出版社工作，在做动画电影《萤火虫之墓》的企划时，我为取得影像化许可，前往野坂昭如的宅邸拜会。这是十五年之后的事了。

《二十岁的读书笔记》，《公明新闻》，2012年9月3日

岩波文库的三本书

《萩原朔太郎诗集》 三好达治选编

以"心以何作拟,心是绣球花"开头的《心》。

萩原朔太郎的纯情小诗集中的这一篇诗作,我年轻时曾反复诵读,现在也能够完整背诵。那时我二十四岁。

《夫妇善哉》 织田作之助著

不知在哪里看到,野坂昭如是仿照织田作之助的文风练习写作的。从那以后,随着沉迷阅读,我自己的文章也变得奇怪起来。

不仅如此,我还从这部小说中学到了男女之道。

《田野调查·被遗忘的村落》 宫本常一著

向我提及这本书的是高畑勋和宫崎骏。

"啊?你居然没读过?"当时被他们俩嘲笑的画面,我至今记忆犹新。后来我发现,从这本书里可以找到他们二人作品的源头。

《我的三本书》,《图书》岩波文库创刊九十周年纪念号,2017 年 4 月

风起矣，生乎哉？

这句话因堀辰雄所译保罗·瓦勒里的诗句而闻名，但有人说这是一种误译。保罗·瓦勒里的那首诗直译应该是"风起时，我必须努力活下去"。堀辰雄将前一句译成完成时态"起风了"，又使用了反问："活下去吗？不，活不下去。还是死去吧。"如此一来与原诗之意南辕北辙。

东大国文系毕业的作家究竟是出于什么理由，如此错译呢？

我不得而知，进一步了解后，我发现这个问题曾在文学界引起争论，到现在也没有定论。到底是堀辰雄单纯错译了，或者另有更为深刻的缘由？一个谜题带出又一个谜题，业界众说纷纭，争执不下，成了文学史上的一大事件。

我这个门外汉发表评论似有班门弄斧之嫌，奈何我本就爱凑热闹。我虚心而诚恳地不断重读原作，并试着思考。

突然，我想到了《心之谷》里的那首歌，约翰·丹佛的《乡村路带我回家》。在影片中，主人公月岛雯受托翻译歌词。原诗的意思是"想回到故乡"，但词作者铃木麻实子却译成了"离弃故乡"。身为这部影片的制作人，我当时一度很苦恼，最后遵从宫崎骏的意见，决定保留这种译法,不过多追究。因为这个翻译更符合影片的内容。

我不禁展开联想。或许堀辰雄并没有故意错译。保罗·瓦勒里的诗启发了他,使他突然想到意思完全相反的内容。毫无疑问,堀辰雄有过这样的想法:"活下去吗?不,活不下去。还是死去吧。"他想说明其灵感来自瓦勒里,于是在小说开头引用了瓦勒里的诗句。

在思考风这一主题的时候,我想到这些。

《趣味》,2012 年夏季号

逝川之流水

通过对鸭长明的研究，我发现如果用现代的话来形容，他就是一个公子哥儿，一个并未付出什么努力就得以出人头地的人物。

其父是下鸭神社的正祢宜，如果一切顺利，他将一生顺风顺水，但就在他十八岁时，父亲故去，他的人生发生剧变。此前他所做的无非是作诗咏歌弹琵琶。因为时间充裕，他得以专心学习，水平非同一般。

值得注意的是后鸟羽天皇，他命人传话给鸭长明，请他去和歌所任职。这是长明一生中唯一一段努力工作的时期。后鸟羽天皇同情他的遭遇，提拔他为下鸭河合神社的祢宜，比其父略低一阶。但正如世人所知，他身为神官多有怠慢之举，旁人无法认可。后鸟羽天皇不得不放弃，举荐他去比下鸭神社低一级的神社做祢宜，但鸭长明并未接受。大概是他自尊心太强，觉得有失体面吧。从这一点来看，他具有公子哥儿的特质。源实朝挑选和歌老师时也曾找到鸭长明。长明意识到这是自己最后的机会，急忙赶往镰仓，却为时已晚，源实朝的老师确定为定家。

简直是祸不单行的人生。

另一个特点是他居住的房子越来越小。这一点在《方丈记》中有详细描写。他虽然继承了祖母的房子，却无法维持，三十多岁搬出老宅，结庐而居，新屋只有老宅大小的十分之一。他五十岁出家后几经辗转，最后的居所竟不及中年那间草庐的百分之一，只得方丈之狭。用现代的计量方式来看，是一间三米见方的活动板房。

他并不是因为出家才落魄。他是眼看在现世出头无望才出家，寄希望于来世。

高贵的身份和豪华的住宅有什么意义呢？长明虽然这样写，但落到这种境地并非自愿。他在万般不得已的状况下学习的佛教教义，让他写下了不要执着于物的文字。

堀田善卫认为鸭长明不能免俗地皈依了佛教，并坚称他没有认真学习，读过《方丈记》便可了解这点。在《方丈记》的最后，他发现了执着于方丈之间的自己，并担心这样是否真的可以实现在极乐世界中出人头地的愿望，全书就此结束。

逝川之流水不绝，川是而水非。让人不由得想到，这是没有达成心愿的人写下的语句，感慨颇深。

鸭长明真的是个很有俗世味道的人。

我突然想到，如果井上厦尚在人世，那么鸭长明做井上戏剧中的主人公再合适不过。如今虽已无法实现，但真的没有人将鸭长明当素材来创作吗？调查可知，他年轻时还曾有过妻子儿女。如果加上这部分情节会如何呢？

我的一位朋友年过六十，突然下定决心离婚。为了保护隐私，在此不公开他的姓名。他年轻时便离异过，之后遇见新的对象，再度结婚，却再度离异，然后又与同一个人再婚。这次离婚还是与同一个对象。说起来似乎很复杂。简单来说就是他结过三次婚，正在计划第三次离婚。

如果将这种情节放在鸭长明的人生中，会成为非常具有世俗味道的故事，相信也会引起人们的兴趣，不是吗？

后来我特意向一位文学教授讨教，关于鸭长明其人，我的看法是否正确，教授答曰大体正确，但作为学者很难这样写。教授看上去一副喜不自胜的样子，笑吟吟地对我说："所以，铃木先生，请你一定要写出来。"

我遂敞开心扉，毫无保留地将它写在这里。

《文艺春秋》，2014年12月号

《广辞苑》的庇佑

　　这篇写一写《广辞苑》之谜。

　　第一次接触《广辞苑》，是因为父亲将它送给我做礼物。那是我刚上初中时的事。为什么父亲会送我一本《广辞苑》呢？他是个与书籍无缘的人，藏书不过是些他曾爱好的将棋书籍。至今我也想不明白个中缘由，后悔父亲在世的时候没问个究竟。

　　那本《广辞苑》后来跟着我到东京上大学。经过六年的岁月，封面已经剥落，只能用胶带固定住。究竟为什么会破到那种程度呢？我的记忆中找不到使用它的画面，证据就是书的内页都干净完好。是出于别的什么目的使用的吗？我的记忆已经大块缺失。难道我曾用它当踏脚石？

　　后来我就职于出版社，工作前不久，我自己花钱买了第二本《广辞苑》。一直伴在身边的第一本《广辞苑》，准确说来只是在那里放着而已。我记得它的存在，却不记得自己曾翻开过它。那我为什么还要再买一本呢？这段记忆也缺失了。第二本《广辞苑》至今在我身边，内页干净如新。

　　工作后我在周刊的企划部，在大日本印刷公司的校对室里，我每天都与《广辞苑》打交道。这或许是一种因缘。虽说我是第一次在《广辞苑》的帮助下工作，但也没有不停地翻看查找。

后来我成为某家杂志的主编，手下也有了员工。据说我生气训人时经常这样说："要查字典就去翻《广辞苑》！"

为什么特指《广辞苑》？别的词典就不行吗？现在我见到以前的员工，这段往事依然会被提起。这也是一个谜。

写到这里我突然在想，为什么我不查字典呢？这才是最大的谜团。字典是出版工作的附属品，是必备之物。然而我直到现在都很少用到。我究竟在哪里知道汉字及其释义的？不明白。我也不记得。说起来有自夸之嫌，但对汉字及其含义，我还是了解得比较多的。虽然我很少查字典，只是贪读通俗小说和漫画。

跑个题，宫崎骏经常查字典。我与他交往近四十年，好几次亲眼看到他翻查字典。对他来说，字典在工作中不可或缺。最近，他儿子买了个电子词典送给他，里面装有《广辞苑》。他非常高兴，一边用一边称赞："这个可真方便。"看得我也有些羡慕。对什么事情都不肯含糊，宫先生具备这种勤奋精神。

后来我买过两本电子版的《广辞苑》，装在手机里。这样一来我就可以随时随地查字典。这对我来说是个隐秘的乐趣。我就等着谁冷不丁地提问，诸如"这个词是什么意思"之类的。这或许出于我的小小的虚荣心。但遗憾的是，我从未遇到过这种机会。

继周刊之后，我还编辑过旬刊和月刊。我从未对任何人吐露过自己心里的愿望：有朝一日能编辞典。曾经有人告诉我，编一本辞典要花十年左右。我萌生了这样的念头：花十年做一本书，简直就像梦一样。并非为了什么高远志向，我想的只是在十年的时间里，每天都可以过上优雅而悠闲的生活，日复一日。忙的日子只有第十年的最后一个月。这是我的白日梦。到时候我会不会变成一个极品懒人呢?

当我从某人那里得到第三本《广辞苑》时,它已出到第六版了。虽然犹豫了很久,我还是扔掉了那本初版《广辞苑》。算起来那本辞典已在我手边度过了五十多年的光阴,丢掉它应该受到惩罚。我终于懂得了《广辞苑》之于我的意义。它是护身符——没错,就是人们从神社里请来的那种护身符。

拥有就觉得安心,感觉只要有它就会变聪明,丢掉它则会受到惩罚。就算不努力,也能有所收获。我突然想到了"庇佑"这个词。在我的书架上,就像神佛本尊一样,灿然陈列着第六版和第三版《广辞苑》。

今年春天,我的两个小朋友就要上高中了。我毫不犹豫地决定送他们《广辞苑》。

《图书》,2015 年 6 月号

《唯脑论》和《感冒的妙用》

我想推荐的第一本书是养老孟司的《唯脑论》。智人在这几万年中，大脑功能几乎没有变化，将脑内思考具象化、现实化的历程就是人类的发展史。人类起初居住在自然形成的洞窟中，后来懂得建造房屋、创建城市，其中的极致就是现代都市。连自然也可被人为规划。人们被可称为大脑产物的人造物所包围。现代人就生活在这种"脑化社会"当中。

文化及社会制度自不必言，语言、意识、心理等人类活动也由大脑控制。特别是语言起源理论使我受教颇深。脑中的视觉系统捕捉光也就是电磁波，将其转换成信号发送出去。听觉系统则是将音波转换成信号发出。脑细胞将视觉与听觉连接起来，使语言诞生。

读到这里，对于宫崎骏动画为什么受到这么多人支持，我突然产生了新的认识。现代人过于依赖视觉与听觉，忽视触觉、嗅觉、味觉。宫崎骏的影片充满对五感的描述。也许人们看他的电影会产生共鸣，意识到人类本就是靠调动五感维持生活的。

养老还指出，由于厌倦被人造物包围的生活，人们会刻意保留没有明确目的的时间，否则身心平衡会遭到破坏。他自己会去采集昆虫，我则是每周日陪母亲遍访神社佛阁。

另一本书是"野口整体法"的创始人野口晴哉的《感冒的妙用》。作者认为，当疲劳不断累积而导致身体状况恶化时，感冒是一种重新调整身体平衡的自然健康法，所以不应该用药物强行治疗。他说，只要听从人体发出的求救信号，静待其发生和经过，"感冒过后，就像蛇蜕皮一样，你会得到一个全新的身体"。泡个热水澡就会让感冒症状退去，这是我从自身经验得来并一直实践的方法，我在书中发现了同样的观点，不由得窃喜。

经过训练，我学会了有意识地让自己患上感冒。在高畑勋导演或宫崎骏导演的作品制作期间，我是从来不会感冒的。如果在那个时期感冒，可能会被指责工作不认真。我会在吉卜力的假期，也就是除夕和元旦这两天让自己来一场感冒，这个习惯我已经坚持了多年。我一般会在三十号那天半夜开始感冒，三十一号躺上一整天，一号仰赖自愈能力开始恢复，到了二号早晨，我会带着健康清爽的身体重返职场。想得感冒很简单，心情放松就好了。

得了病，如何享受它也很关键。正如《唯脑论》所说，脑对心的影响很大。在现代这一脑化社会中，大脑与身体的平衡越来越不容忽视了。

《有趣的一本书》，《SERAI》，2012 年 6 月号

从历史读本阅读"现代"

我在大学学的是社会学,毕业论文写的却是历史,题目为《论历史在个人上的作用问题》。那是将普列汉诺夫著名的《论个人在历史上的作用问题》颠倒一下,花了三天时间写出来的。说到我学生时代起就反复阅读的书,则是爱德华·霍列特·卡尔的《历史是什么?》。

书中有个名句:"所谓历史,就是现在与过去的对话。"历史的"事实"会因人而异,根据时代和立场的不同发生变化,这本书从这点开始阐述。我们只能用现代的眼光看过去,反之,如何看待历史也可以帮助我们了解当下的状态。

在我看来,丹尼尔·布尔斯廷的《幻象》不仅是关于媒体理论的著作,也是一部考察时代的历史读本。这本书写于1961年,生动地描绘了当时以美国为代表的大众消费社会和媒体,并提供了具体的案例。实际上,这本书对我的电影宣传工作也很有参考价值。

在我们开始拍电影的二十世纪八九十年代,流行一开始就精准地定位受众群体,比如"这部电影面向三十五岁到四十岁之间的职业女性"。但我在吉卜力的企划书上总是会写"受众:所有年龄段、不分性别"。虽然经常遭到宣传或发行负责人的责难,我仍然认为,大众消费社会的本质就在于大家都想得到或看到同样的东西，这样目标人群会更加广阔。这样的信条不只可以在布尔斯廷的书中看到，大卫·理斯曼的《孤独的人群》、艾里希·弗洛姆的《逃避自由》中也有所提及。将视角放在过去，也可以透视当下。

因此比起实际的历史，我更关心如何看待历史。宫先生与我相反，只对具体发生的事情感兴趣。他阅读堀田善卫的《方丈记私记》等书时，只顾沉湎于平安时代末期相继侵袭都城的地震、洪水、疫病、饥荒的具体描写，在脑海中将这些情景再现成画面。并且他也渴望自己置身其中。

我对鸭长明也非常感兴趣。他生于京都正统的神官之家，十八岁时父亲早逝。鸭长明继承了富裕的祖母的家宅，却在三十多岁时落到了不得不搬家的境地。他的新住所大小只有祖母家的十分之一，最后他住在一丈见方的方丈之庵中，一辈子居所不断缩小。他试图以卓越的和歌与琵琶技艺出人头地，却不能免俗地成为被时代裹挟的人。如果给鸭长明现代人的身份，或者反之，将其放在历史进程中，他会处于什么位置呢？在看NHK特别节目时，我喜欢用这种方式思考问题。

在我最近看的书中，水野和夫的《资本主义的终结和历史的危机》也很有意思。书中指出，资本主义凭借拓展边界来实现自我增殖，如今只剩非洲未被同化，人类今后又会怎样发展呢？书中的思考带给我极大启发。从书中获取提示，观察自己所在的这个不甚确定的当下，就是我与历史的交往方式。

《十位达人的学识教养提升书单：铃木敏夫的三本书》，
《文艺春秋 Special》，2015 年夏季号

2016年秋荐书五本

《红海龟》　迈克尔·度德威特著　池泽夏树选编　岩波书店　2016年

吉卜力的最新作品从导演到制作班底都选自欧洲。我请池泽夏树观看该片，他的感动如我预期。机不可失，我马上请他撰写解说文，并请他编辑并执笔绘本的文章。最终效果让导演及全体制作人员都甚觉惊艳。

《罗望子树》　池泽夏树著　Voyager　2014年

恋爱小说容易让人感到甜腻，但在池泽笔下却呈现出不同的感觉。男女双方会各自选择什么样的生存方式呢？不得不承认，拥有各种冲突矛盾才是现代的恋爱小说。有趣的故事让人一口气读完。

《我的消亡》　中村文则著　文艺春秋　2016年

这部小说的标题本身就是宣传文案。操控他人记忆——中村文则选择了一个非常具有挑战性的话题。想经历他人人生的愿望，想操纵他人行动的欲望，是世人一生的梦想！你现在经历的人生是真实的吗？而真实又是什么呢？

《再见了政治——写给旅伴》 渡边京二著　晶文社　2016 年
最近世界局势如何，日本的现状又如何，这种忧国忧民的讨论遍布日本。但也有人不知道甚至不关心这些事。反骨之人渡边京二，他在现代生存的智慧是什么？

《跨越黑夜》 又吉直树著　小学馆　2016 年
这本书写的是文学的作用。又吉对待每件事情都很认真，读书也一定要读到自己的血脉里。这样才诞生了如今的又吉直树。

眼下我的课题是如何阅读埃马纽埃尔·托德的《家族制度的起源》。家族制度似乎孕育了一切思想，怎可不读！

《忙时读书，闲时不读（笑）》，honto booktree，2016 年
http://honto.jp/booktree.html

誰かと対話する。
人と人の間が生まれる。
そこにエゴは無い。

与作家们畅谈 III

与人对话

诞生出人与人的空间

那里没有自我

写出处理"自我"问题的新小说

朝井辽

小说家。1989年生。2009年凭借《听说桐岛要退部》一书出道，斩获第22届小说昴新人奖。2013年凭借《何者》获得第148届直木奖。《世界地图的草稿》于2013年由集英社出版。近作有《何方人士》（新潮社，2016年）。

＊＊＊

朝井 非常高兴吉卜力工作室的近藤胜也先生亲自为我的新作《世界地图的草稿》绘制插图。我一直担心接到"碍难承接"的回应。我看了插图，感觉真是太棒了。听说铃木先生特意跟近藤先生打过招呼？

铃木 接到插画委托时我就想，胜也或许能接下这项任务。他这个人，不想做的肯定不会做，做的都是自己想做的事。

朝井 听您这么一说，我还真有点后怕……请问，您作为制作人，是不是有什么可以让对方心甘情愿做事的秘诀？

铃木 没有,胜也以前就对朝井先生的作品有所了解,这本书里也有触动他的地方。他读了之后马上表示"我接受"。

朝井 不胜荣幸……最近刚刚上映的《风起》,听说宫崎导演原本没打算把它搬上大银幕,是铃木先生说服了他。

铃木 这部片子原本是宫崎骏在模型杂志《Model Graphix》上连载的漫画,我提出要拍成电影的时候被他吼了一顿,他说我一定是"哪里不正常",还质问我"对工作究竟怎么想的"。

朝井 嚆!导演大发雷霆?是不是触碰了他的私人领域呢?

铃木 没错。他说动画电影是拍给孩子们看的,不能用这种手法表现成年人的东西,关于战争的东西就更加匪夷所思。

朝井 这部片子是以真实人物为原型创作的吧?将设计了零式战斗机的堀越二郎的半生与堀辰雄的小说《风起》结合在一起。宫崎导演是不是原来就特别喜欢飞机?

铃木 他非常喜欢战斗机,却极度厌恶战争,他就是这么矛盾的一个人。他学习过很多关于战争的知识,想了解人类为什么要做那样的事。他的藏书中半数都和战争有关。所以我向他提议,何不正式制作一部作品呢?

朝井 看过电影就会知道,影片并没有高声宣讲对战争的看法,而是展现主人公堀越二郎为了制造出最美的飞行器而不懈追求的过程。真想让孩子们也看到那种执着追梦的样子。

铃木 我也是这么想的。

朝井 吉卜力创造出来的人物都不具有客观性,我非常喜欢这点。二郎不在乎周围人的目光,只做自己想做的事情。人好,却不懂得协调。在现今社会,不具备协调性会生活得很辛苦,所以二郎的不够客观,反而更显得励志。

铃木　原来如此！不愧是朝井先生，给出了一个不同的视角。

朝井　他实现了制造出最美的飞行器这个梦想，这个梦想又是如何被利用的呢？那句"一架都没飞回来"揭示了答案。当时，我也和二郎一样，感到非常绝望，但后面的展开传达出一种思想，那就是尽管梦想被击溃，也必须用尽全力生存下去，看到这里，我的心里十分欣慰。

● **一字之差，梦幻般的结局**

铃木　是这样吗？对朝井先生我就实话实说了：影片原本的结局其实是不一样的。画面倒是没有变化。

朝井　啊？您的意思是，台词改过了？

铃木　是啊。一字之差。影片的最后不是有这样一个镜头吗？二郎死去的妻子菜穗子现身，对二郎说了几个字："活下去。"其实那句台词原本是"过来吧"。

朝井　啊？意思完全不一样了啊！一百八十度大转变！

铃木　只做了一点点改动，"来"或是"去"。① 如果按照原来的台词，"过来吧"，就与最后的画面表达的意思吻合，身在黄泉的菜穗子将身处炼狱中的二郎召唤过去。

朝井　我鸡皮疙瘩都起来了……太震惊了，菜穗子对梦想破灭的二郎说的那句"活下去"，明明激励了我……

铃木　宣传海报上的那句"必须活下去"是我想的。那也算是一个提示。我曾经苦恼过，自己是不是破坏了一部特别的作品。因为"过来吧"也很有意思。

朝井　我也觉得有意思。

---

① 在日语中，"过来吧"写作"きて"，"活下去"写作"いきて"。

铃木　如果是朝井先生来做，最后一句台词会如何处理？

朝井　如果是小说，大概一开始我会考虑"过来吧"。我在写作时总是以与读者一对一的感觉来创作，所以就故事而言是可以的，但如果面对的是数百万甚至数千万的观众，我的内心也会非常矛盾，在来与去之间犹豫不决……

铃木　宫先生从来不会意识到观众很多这一事实。《千与千寻》实际上是他专门拍给某个特定的人看的。接受采访时他经常会被问到"您是否心怀世界进行创作"，实际上他才不会想那么多。

朝井　这次的作品似乎富有宫崎导演的个人特征，我感觉他把自己喜欢的东西全部加了进去。

铃木　对吧？所以我大概是阻挠了他的想法……不知您注意到没有，片尾字幕出来的时候，宫崎骏名字的背景是整部片子中最模糊的画面，那个其实就是彼岸他界了。看到那个画面，我就想，说到底，宫先生还是想把它做成"过来吧"。

朝井　这倒让我想再看一遍这部电影，按照"过来吧"的设定再观看一次。我们这段对话如果在公映几个星期后的盂兰盆节前后公开，会不会有相当一部分人觉得"原来还有这样的幕后花絮，再去看一遍好了"……

● **写出了一丝渺茫希望的《世界地图的草稿》**

铃木　哈哈哈……您可真敢说啊。接下来我们聊聊朝井先生的新作吧。《世界地图的草稿》，是关于小学生的故事吧？听说描写了生活在儿童福利院中的孩子。

朝井　书中的主人公是个男孩子，小学三年级时父母死于车祸，被伯父伯母收养，却遭到虐待，被送进儿童福利院。在那里，他一点点地与周围的世界亲近起来。但是总有一天，大家都会离开福利院这种安全的地方。我想写的就是这样的故事。

铃木　封面上画的就是福利院的孩子们吧？

朝井　是的。他们之中也有被欺负、被霸凌的孩子。欺负人的孩子总是会有，无论如何阻止都不会改变。这种情况下最好离开那个地方。改变生活的地点，人生也许就会有所改变。我想写出梦想破灭之后仍可以继续做梦的信念。所以刚才我们讨论的"活下去"还是"过来吧"的问题，就不是不相干的事了。

铃木　的确。

朝井　但是，我并不想不负责任地写出"将来还是有希望的"这种话。梦想破灭之后，"也许"会有新的希望诞生，我只能以"也许"这种形式来表达。尽管渺茫，我依然想表达这种希望。

铃木　小说现在发展到了不起的程度。之前我跟您提到，很久以前我与《星球大战》的制片人交流过。以前在好莱坞，无论是黑帮片还是历史片，主要表现的都是"爱"。但是对方说，今后如果没有"哲学"概念，就无法吸引观众走进影院。所以《星球大战》中才会有天行者达斯·维达是一名父亲的设定。

朝井　宫崎导演的影片中就有哲学。有各种隐喻，也引发了各种争论。

铃木　朝井先生的《何者》也很明显是这样的。这本书讨论"自我"的问题。人类就是发现了自我才变得不幸。就拿艺术来说吧，过去它与表现自我无关。达·芬奇或米开朗琪罗都是接到客户委托之后才开始创作作品，其中没有自我存在。

朝井　自我被发现的历史并不久远。

铃木　作家岛尾敏雄先生的妻子岛尾美保女士写的《海边的生与

死》以她的故乡奄美岛为舞台，这部小说里没有出现过"自我"。我曾经与岛尾之子去到岛上，发现那里的人们三代同居，对自己与他人的物品不加区分。在发现"自我"之前，日本应该也是这样的。

朝井 如今，又是实现自我，又是表现自我，"自我"成了很重要的存在。

铃木 将来故事会怎样发展呢？

● **过于看重"自我"的社会**

朝井 《风起》中的二郎不一样。他不在意周遭的评价，单纯地追求自己的梦想。二郎这种生存方式现在越来越艰难。我在写小说的时候并不能客观看待自己，意识不到"自我"的存在。出书的时候接受采访，我会被问到各种问题，有些问题常让我错愕，因为我从来没有过那种想法。

铃木 宫先生接受采访时会给出非常主观的回答，有时候人们会搞不懂他究竟在说些什么。朝井先生不妨试试在接受采访的时候也这样做。

朝井 我一坐上受访者的位子就不像个作家，更像一个公司员工，大家都说我很无趣。您没看出来吗？

铃木 看出来了。

朝井 制片人的眼睛果然敏锐啊……实际上我非常羡慕二郎的活法。在看到自己设计的飞机在空中飞行的时候，他也板着一张脸。如果换作我，就会非常在意旁人，非摆出一张超级笑脸不可。（笑）铃木先生没有为过于自我的表现而头痛过吗？

铃木 我现在就在乐于展现自我的人身边工作，反而觉得轻松。

朝井 不用自我表现，所以轻松吗？

铃木 也许我是按从前的价值观生活的。当年我做编辑，修改别人的文章时会从原作者的立场出发，为此还有作者对我表示感谢，说"这正是我想写的东西"。临摹宫先生的龙猫，即使与其他专业画师相比，我也是最出色的。

朝井 动画师在作画时难免会带有本人的特点，是不是说，铃木先生可以完全从宫崎导演的角度来画？

铃木 是的。画师们画龙猫的时候，"自我"是一个障碍。而我则以不表现"自我"为目的。比起艺术家，我更憧憬匠人的工作。

朝井 您就是消除了自我的痕迹，彻底变成其他人的匠人啊！

铃木 在非虚构作家中，我也经常听说无论以什么样的人为写作对象，最终写出来的人物总是似曾相识。大概就是"自我"在从中作祟。写《鞍马天狗》的大佛次郎曾经说过："虽然鞍马天狗受到世人喜爱，但谁也不知道是我写的。这是我的尊严。"这是对自己创作的人物能够独立行走而表现出来的欣喜。如果能以这样的心态工作，就会感到轻松释然。

朝井 不抛却"自我"，很难达到那种境界。

铃木 今后会怎样呢？明明将"自我"完全封裹好就可以了……

朝井 将一度发现的东西当作不存在确实很难啊。

铃木 朝井先生，请您挑战新的创作目标，写出一本讨论"自我"的小说来吧！

朝井 有些难度呀！但是人生很长，总有一天……

铃木 万分期待哦！（笑）

《朝井辽与"吉卜力的铃木制片人"会面》，泷井朝世整理

《SPUR》，2013年9月

《教团 X》的冲击

中村文则

小说家。1977 年生。2002 年凭借《枪》获得第 34 届新潮新人奖并出道。2005 年凭借《泥土中的孩子》获得第 133 届芥川奖，2010 年凭借《掏摸》获得第 4 届大江健三郎奖。《教团 X》于 2014 年由集英社出版。近作是《我的消亡》（文艺春秋，2016 年）。

川上量生

实业家，电影制片人。1968 年生。1997 年创立株式会社多玩国。现任该公司代表取缔役会长、角川株式会社代表取缔役社长、吉卜力工作室实习制片人。近作有《连铃木先生都知道的网络未来》（岩波新书，2015 年）。

米仓智美

铃木敏夫的朋友。爱书人。

                * * *

铃木　谢谢各位拨冗前来。

中村　您客气了。

铃木　我们三个都是《教团X》的粉丝。

中村　哎，真的吗？

铃木　《教团X》最早是米仓推荐给我的。真的是太好看了，我一口气从头读到尾。

中村　谢谢。

铃木　然后我又推荐给川上。我觉得他一定会非常喜欢。

中村　是吗？

铃木　川上为了读这本书还住院了呢！

川上　没有没有，其实是住院的时候刚好听铃木先生说有一位得了芥川奖的作家，写了一本很了不起的书。芥川奖的作品一般不都很短吗，我还以为很快就能读完，结果呢，怎么读也读不完。我读的是电子版，不知道书的厚度。一边读一边觉得奇怪，就这么读完了。

铃木　他躺在病床上，读到有趣的地方还向我汇报阅读感受。

中村　真是没想到啊。

铃木　今天为什么一定要请米仓来呢，因为我读完这本书已经有一段时间了，很多东西都忘了，但是她记得很清楚。原文她都背得下来。

米仓　没那么夸张。

铃木　所以呢，今天我们三个人要联合向您发起攻势。

中村　十分荣幸。

铃木　我是在亚马逊上买的这本书，结果看了评论很生气。写得也太过分了。

中村　网上的评论吗，没办法的。

铃木　那些东西基本没法看，最好不要看。给五星的只有两个人。去书店看看，销量已经突破十万部了吧？但我还是觉得不够，应该能卖得更好。希望至少卖到三十万、五十万部。

中村　真要那样就太好了。

铃木　或许我们有些自不量力，但请让我们为此多少尽一些力。

中村　让您费心了，真是非常感谢。我也是吉卜力的铁杆粉丝，今天能来到这里十分荣幸。宫崎先生的电影，只要我知道的都全部看过了。成年以后全都是在电影院看的。

铃木　非常感谢。

中村　说起多玩国，最近刚好有角川的编辑在向我约稿，从各种角度，以各种方式。

川上　是吗？

中村　经常联络我。约稿的手段可真高明啊……

铃木　川上也负责出版吗？

川上　基本不干预。

铃木　因为是社长吗！

川上　算是吧。

铃木　我现在依然不能适应这点。

川上　连我自己也不适应呢。

中村　可是出版界已经传开了啊！大家都知道的，现在的公司结构。①

铃木　出版界很小，就像个村落。我原来也是做出版的。

川上　可我接受各种采访时还是以多玩国的川上这一身份被介绍。大概大家都不认为我在经营角川，或者是不想那么认为吧。

中村　不会的。Niconico 动画运营的那个……怎么说，不是有一个演播室吗？三百六十度的那个。

川上　哦，是 Nicofarre 演播会场。

中村　对，就是它。有一次共同通信的记者委托我写一篇报道，我曾过去取材。当时我很吃惊为什么会找到我，结果对方说想找一个跟网络没什么关系的人。就在那里，我见到川上先生站在舞台上。那是很久以前的事了。当时好像在开发布会。

川上　我要发布什么都会去那里。

中村　我当时非常震惊。三百六十度，所有的墙壁都显出文字。

川上　那个造价可不低呢。

中村　看得出肯定很贵。

川上　确实贵，但后来一查我才知道，那个造价比吉卜力幼儿园要便宜——这段话是不是要剪掉啊？

铃木　不用！没关系，既然已经说出来了。要是这个不让说，那个也不让说，也太无趣了嘛！

中村　的确如此。

铃木　川上曾经是学化学的哦！

川上　并没有好好学。当年是因为不选化学就上不了大学。

铃木　但你很擅长物理吧？还认为学文科为什么要上大学。

---

① 2014 年 5 月，株式会社 KADOKAWA 与多玩国统合经营。翌年 10 月，合为"角川株式会社"。——日文版注

川上 我可没那样说过啊。不要开这种玩笑嘛！网友们会把我看成歧视文科生的人……

中村 网络上无奇不有……

铃木 哎，当了社长之后，说话好像不一样了呢！

川上 哪有。

中村 那么，您究竟怎样想？

川上 不是的，作为一家涉足文艺事业的出版社，如果让人以为在批判文科就麻烦了。真的批判的话倒也无所谓，但是没有，这是一种误解。

中村 也是啊。

川上 我非常喜欢阅读理科方面的书籍，文学类书籍也读了很多。

铃木 喜欢读小说。

川上 是啊！真的很喜欢，最近几乎没读过什么，而这本书太有意思了，非常精彩。

中村 很高兴您能喜欢。

铃木 怎么样？米仓也谈谈吧。

米仓 我也是一样，之所以能发现这本书，是觉得最近自己没怎么读小说，就在网上搜索，结果这个书名非常吸引我。我就觉得，哎，看起来似乎有点意思。

中村 书名看起来很颓废吧。会让人觉得："教团 X 是个什么东西啊！"

● **前所未见的小说**

米仓 半年没读小说了。说起感想，我倒觉得它也许不是一部小说。

中村　确实。有很多东西在里面。

米仓　是的。

铃木　这一点就很有意思。

米仓　是的。这是一部无法归类的小说。而且也不该算小说。

川上　前所未见。

米仓　确实没见过。

川上　有很多不可思议的地方,第一个不可思议的地方在于,它究竟是不是小说的那种不确定感,再一个就是,为什么会想到写这样的东西。

米仓　是的。里面加入了一切要素。

中村　有一种完成感。

川上　没有小说可以那样写吧?篇幅也很长。一般来说这样的小说一辈子大概只能写出一两本。

中村　这部小说刚好在我出道第十年开始连载。当时我的兴趣也扩展得很广,就想干脆抓住这个机会把自己想说的都说出来。结果一下笔就收不住了,总共连载了两年半。

铃木　确实言之有物、条理清晰。采用小说的形式只是一种手段吧?

中村　是这样的。

铃木　我觉得这点特别有意思。

川上　我读了这本书之后,感觉作者有自创宗教的企图。这本书简直就是教典。

中村　纯文学有各种各样的表现形式,有的更倾向于艺术性。懂的人自然会懂。但是在当代,纯文学的范围已经没有那么广了。

铃木　当时我也读了又吉直树的《火花》。我感觉又吉是一个非常热爱小说的人，能直接感受到一个小说迷想写小说的热情。对他的作品，我有一种亲切感。就是觉得：啊，是文学啊！

中村　是的，文学。

铃木　《教团 X》虽然采用了小说的表现形式，但其中有很多作者自己想表达的东西，是这样吧？这种对比非常有意思。

川上　我非常懂得又吉直树为什么会推崇《教团 X》。又吉的作品，当然包括《火花》，都是作者想将自己的世界观传达给世间而写下的作品。《教团 X》则更进一步。

铃木　最有意思的还是与现代的搏斗。

中村　是有这样的想法。

川上　以前文理之间的距离似乎更近一些，有的人甚至文理兼修。现在却越来越专业化，分化也更加明显了。如果文科学者或者社会学学者用物理学的先进知识解释世相，大概会惹人嘲笑。所以如果想表达，只有像这样以小说的形式传达。

铃木　言之有理。

中村　我非常尊崇陀思妥耶夫斯基这样的作家，但如果说当年那些作家有什么做不到的，我想就是接触最新的科学吧。科学是从他们那个时代开始迅速发展的。对"人类是什么"做哲学分析固然有趣，但如果从物理学的角度将其写成小说也未尝不可。人类到底是什么？我们可以从各种角度直面这个问题。

铃木　像介子什么的——汤川秀树提出的理论，我小学毕业后就再没接触过了。（笑）

川上　所以，我看到小说最后列出的参考文献时就想，这居然是小说的参考文献？

米仓 我也这样想。

川上 看上去像在开玩笑。

中村 而且是不是太多了？究竟要读多少才算完啊！给人这样的感觉。（笑）

川上 对对。所以为了上今天的节目，我想重温的不是《教团X》，而是弦理论。（笑）

中村 是超弦理论哦。

川上 是。还有全息影像，有种如果不好好复习今天就没法上场的紧迫感。虽然做这些事有点莫名其妙。

中村 虽然我写了很多，但我懂的可没那么多呀！

米仓 我读了《教团X》之后马上去学习佛教。读了三本佛教基础入门书。完全被影响了。

川上 所以这本书还是属于思想类。

米仓 是啊！在引起读者兴趣方面的确如此。

中村 跨越了很多门类。

川上 您以前就喜欢物理学吗？

中村 人类究竟是什么这个问题，我原本是从西方宗教、哲学、生物学等角度逐步接近，从物理学角度还是首次。我从基础入门书开始阅读学习。之前我曾想研究一下神话，还读过印度最古老的经典《梨俱吠陀》。我读了物理学的宇宙相关书籍后吃了一惊，觉得跟《梨俱吠陀》非常相似。

一般来说宗教是宗教，物理是物理，各有所长，很难产生联系。如果强行关联，好像会变成可疑的宗教。但是当你拥有一定的知识量后再去看，就会发现很多相近之处。

就像刚才各位指出的，拙作中具有非小说的要素，那是我有意为之。我希望读者能通过阅读体会到多方面的乐趣。书中很多内容采用了全新的写作方式。可以当作故事阅读，也可以当作知识学习。那些知识在理科专业书中往往表达得晦涩枯燥，所以我就试着用文学性的语言写。

铃木 我也想过学习一下佐治晴夫的《14岁的物理学》等理科系列丛书，结果还是投降了。但是读了这本书，我觉得科学部分表达得准确而明晰，让我受益匪浅。

米仓 您是指松尾的讲话吧。

铃木 对。那个DVD太有意思了。

中村 其实用对话的形式写出来才是真正的小说。但如果那样写篇幅就会太长，变得不知所云。所以我用教祖之言划分章节，指明这里都是知识性内容。

铃木 从那里开始一下子深刻了许多。

中村 谢谢。

铃木 我把那部分翻来覆去阅读了很多遍。

川上 我把这本书推荐给朋友，对方专门挑教祖之言来读。

铃木 非常能够理解。

中村 我觉得这样也很好。

铃木 我总是会反复查看那部分，反而忽略了故事情节呢。

川上 对对。如果追着情节读，那些部分出现时就像是一种奖励。

铃木 会盼着下一个DVD早点出现。

中村 也有人对知识部分不感兴趣，只追着故事读，读者各不相同。

铃木 那样就太可惜了。

中村　什么样的阅读方式都可以。有人沉浸在知识当中，有人觉得知识让人疲倦，也有人从其他角度切入，得到放松，方式很多。刚出道的时候，我写不出这样的书。经过十年的磨炼，有了些技术上的积累，才得以写出来。

● **面对世界，畅所欲言**

铃木　我们来总结一下怎么样？

米仓　且慢且慢。总结全部吗？我说过自己读后的感想是，它似乎不是本小说，准确说来这句话是有语病的。在书的最后部分，松尾最后的演讲——是DVD还是讲话来着？

中村　最后的遗言是DVD。

米仓　是吧！松尾说了很多话，后来说到如今生存也是一种极为特殊的状况，所以还是活下去吧。感觉比之前的语气明快了很多。在结尾处带着希望结束，让人热泪盈眶。

中村　谢谢。

铃木　一起活下去吧。

米仓　是的。那个部分就是完完全全的小说的感觉。

中村　是啊。写了很多黑暗、残酷的东西，最后还是想以积极的态度收尾。特别是最后松尾的演讲，基本就是我自己心里所想的全部。

铃木　哦？这可真没想到。非常积极乐观。

米仓　是的。我和铃木先生聊感想的时候，有些地方的想法是一致的，那就是：这不是小说，是作者想向世界倾诉的话。

中村　也有人认为在纯文学的领域里，这样的做法并不可取。作者不应该凸显在作品中，或者不要发表意见，但是我在《教团 X》

中把这些禁忌打破了。如果想认真对读者传达什么，即便表露作者思想这种行为多少显得不够地道，我也无所谓。我觉得世间之人的参差百态才有意思，热爱所有不同的个性是这部小说的基本理念。我是为了表达这种观点，才写了这部小说。

当然，我也听到了各种批评意见，但赞赏和肯定的声音更多。本书非常自由主义，反对自由派的人大概不能接受。这样的人往往难以直接指责自己无法忍受的部分，所以就找完全不相干的地方攻击，试图否定整部书。

川上　您没想过借此机会创立一门宗教吗？

中村　那可没有。

川上　或者将您的所思所想更为广泛地传播。

中村　放眼整个世界，贫困和战争问题依然严重。借着作品开始被翻译成外文、在海外出版的机会，向世界发出自己的声音——我是抱着这样的想法写作的。

川上　翻译起来也很不容易啊。

中村　确实如此。

铃木　小说很少被用来当作发声的渠道。

米仓　真的没有呢。

中村　也有人认为小说最好不被用来做这些事。

铃木　这只是我的猜想，编辑对结尾的处理一定有过争议。一般的小说会在那之前就结束。但最后还是决定加上它。

中村　出版社从来没有让我删掉过什么。完完全全是畅所欲言。

川上　今后您还会写这样的书吗？

中村　我每次写作都想超过自己的上一部作品。稍早之前出版的是《去年冬天与你分别》。《教团X》虽然类型复杂，但我是以超越前者为目标写作的。所以下一部书，虽然难度相当大，但我还是希望能写出超越《教团 X》的、从其他领域切入的长篇作品。不过很多人都担心地问我，写了这本书，今后还怎么写呀！

川上 真的是这样啊。

中村 他们说，不是已经把一切都写出来了吗？但是小说这种东西很深奥，有些内容会源源不绝地出现，我现在正在做各种准备，下笔还要再等些时候。况且不写得长一些也无法超越前作。

川上 以长度取胜吗？

中村 肯定会有一定的长度。如果《教团 X》很短，就不会有现在的效果。其实现在的篇幅也是砍了又砍之后的结果，风景描写几乎没有。小说中的风景描写动辄就可以占一整页或更多，这些我全删掉了，结果就是现在这个样子。

铃木 所以它也非常易读。

川上 确实如此。

铃木 第一部我花了一天时间读完，休息一阵之后读第二部，也是一天读完。这本书可以用这种方式来读。它会吸引你不停地看下去。

米仓 废寝忘食。

川上 长却不给人冗长之感。

中村 我非常喜欢短篇。我喜欢思考如何用简短的语言尽量表达更多的内容。对于一些定语，比如"没有那样的事"，我会觉得"那样"比较多余，会用"没有的事"等尽量简短的方式表达。

铃木 也没有多余的形容词，整本书都是如此。尽管是这么长的巨著，却特别好读。一般的小说中会有很多多余的东西。

中村 特别是风景描写。

铃木 创造出一个世界，描写其中的人物，过去的人总是不自觉地这样做。

中村 比如对酒店房间的描写，走廊的两侧各有一排房门，十分安静，地上铺着地毯等等，越写越长。

铃木 让读者自己随意想象就好。

中村 只用一句"排列着沉默的房门"，就可以将整个画面展现出来。我曾认真钻研过如何用简短的语言描述宏大的场面。

● **书名与装帧的冲击力**

中村 编辑起初问我要不要将书名改为《教团》。可是我觉得《教团》未免太普通了。没有"X"就没有冲击力，于是强行让对方接受了如今这个书名。

铃木 读者就是被它吸引的啊！如果没有 X 的话……

中村 就会显得有些弱。

铃木 弱太多了。X 确实很有冲击力，还有一些神秘感。

川上 感觉有些疯狂的东西在里面。

中村 封面也很另类。看起来像是画，其实是照片。

川上 啊？

中村 全都是香槟酒杯。虽然看起来像曼陀罗。

米仓 我一直以为是曼陀罗。

中村 是香槟酒杯重合在一起的画面。

铃木 照片加工过吗？

中村 负责装帧的铃木成一先生进行了明暗浓淡的处理，做出来的就是与原来完全不同的东西。

米仓 是您提的要求吗？

中村　没有。委托铃木先生做的时候就全部交给他定夺了。他说这是目前为止最难搞的一本。但我看到效果时非常震撼。

铃木　效果非常棒。

米仓　我在网上看到这本书的装帧时，还以为是推理或者侦探小说。

中村　结果后来变成了难以分类的书。

米仓　是啊。一次令人惊喜的上当受骗。

铃木　书名的字体还是凸出的，这个成本很高啊！

中村　是啊。造价不菲。

米仓　什么意思？会多出一倍的成本吗？

铃木　具体情况当然要根据印刷数量来定，一般来说一册要多出五十日元的成本。

米仓　哎，那么贵！

铃木　我做过出版，所以比较了解。

米仓　正常来说是多少？

中村　书的价格一般由初版印刷的本数和页数决定。印刷得少，书的成本就会上升。这本书的写作时机不错，可以印刷一定的数量，这种内页的话，成本应该不会很高，我想能控制在两千日元以内。一般这种厚度要两千五百日元左右。

米仓　书的定价是一千八百日元。

川上　前阵子我们制作了高中的宣传册，凸版文字一本要加一百日元的成本呢。

铃木　数量不多，成本上涨幅度就大。印刷两万本左右的话，大概就可以降到五十日元了。还有烫印金银等各种样式。我也很喜欢，所以经常会用。

中村　这本书在电视上被介绍过之后，一度在书店卖断货。集英社紧急加印时，这种凸版需要多花费两天时间，如果赶不及，出版社就会有很大的损失。

铃木　这种印刷反过来做也很有意思，让画面部分凸出来，文字正常印刷。我非常喜欢那种感觉。

中村　那不是更贵了吗？

铃木　制个版就可以了。

中村　这样啊。

川上　那是叫压印吧？

铃木　对。《明日之丈》就是。矢吹丈的脸部特写、轮廓的线条似乎就是这么处理的，看起来特别不一样。

中村　有意思。

铃木　逆向思维。千叶彻弥先生非常满意。

米仓　这本书的封底也是。

中村　对，凸版。

铃木　一般会做成赤金色，书名也是。这本书反而坚持用黑色，非常正确的选择。

中村　一开始试过白色、红色和银色。有过各种各样的版本。

川上　这么厚，一千八百日元真的很便宜呀。

中村　用的是很轻便的纸。

铃木　所以这本书从厚度来看算是很轻的。不过呢，如果在重量上也讲究一下，也会很有趣哦。

中村　您是说特意做得重一些？

铃木　两千日元以上的书，我一定要做成一公斤。

中村　为什么呢？

铃木　这样就感觉真金白银地花出去了两千块啊。

米仓　原来如此。然后就会很珍惜吧！

铃木　是的。

米仓　也完全不舍得丢掉。

中村　因为沉？

铃木　就是会产生一种效果。可以叫作分量吧。所以我会特意选用比较重的纸张，做出各种样品，根据价格来决定重量。比如我们出的那本《娜乌西卡的艺术》，要两千日元以上哦！所以必须要做得重一些，看起来就很有分量那种，最后做成了一公斤。

米仓　纸张很重吗？

铃木　对，加厚了。

中村　给人一种永久保存版的感觉呢！

铃木　没错。我特别想试一次，就当做着玩。结果做出来一看，封面重得不得了。

川上　打开的时候很沉。

铃木　会不自觉地珍惜它。这是我个人的想法，看到这本书的时候，我觉得封面特别棒，美中不足的就是太轻了。还有，我在这里想对川上说，这根本不是应该用电子版读的东西。（笑）

● 在 iPhone 上读书

川上　我是用 iPhone 读的。

米仓　啊？不会吧？

川上　感觉怎么读都读不完。有上万页啊。

米仓　看到页数会很绝望吧。

中村　这样啊！我从来没有读过这本书的电子版。

川上　是啊！简直就是一望无际。我还以为是用手机读书本身比较费时间。

米仓　实际如何？

川上　读到三分之二左右我才反应过来这是一部长篇。（笑）

米仓　我从来没把这本书带到电车上读过。

中村　放在包里很占地方呀！

米仓　是的。对于女性来说，感觉一下子多了好多东西。

铃木　没有分成上下册，而是做成一本，这样比较好。

米仓　那是当然。

中村　分上下册的话成本又会增加。还是想以比较实惠的价格，让更多的人读到。

米仓　我是在家里认认真真读完的，没有利用路上的碎片时间。从晚上十点读到早上四点，用整块的时间阅读，精力也非常集中。就书的内容来看，也不适合在路上读。

中村　很多人都是一口气读完的。我经常听到有人只花了两三天就看完了。

川上　在 iPhone 上一共有六千四百六十五页。

米仓　这么多！一开始看到页数的话，您还有勇气开始读吗？

川上　这是我在 iPhone 上读的第一本小说，所以不太懂那种感觉。

铃木　前阵子我跟川上去泡温泉，这家伙带着 iPhone 进去的哦！

米仓　带进温泉浴场？

铃木　是啊。我当时想，这家伙在干吗呢？结果他在看小说。

川上　是。读的是《教团 X》。

中村　不怕浸水吗？

川上　这个嘛，苹果公司没有明确表示，但是真的不怕呢！虽然没有强调防水性，但一般的水汽完全没问题。

米仓　不会从缝隙损伤芯片、CPU 什么的？

川上　大家都会有这种担心是不是？出乎意料地结实。

中村　会不会现在已经受损了？

米仓　说不定什么时候就开不了机了呢！

川上　其实我已经买好了新的 iPhone6s。坏了随时可以换新机。

铃木　不知道他成天在想些什么。

川上　我是在 iPhone 新机即将开售的时候，才开始在泡澡的时候看书的呀！

铃木　这样啊！

中村　所以，心里还是有些担心对不对？

川上　如果是刚买的就不会那么干了。就是趁着要换新手机的时候。

中村　那么，最好还是不要相信它有防水功能。还是很危险。

川上　每次推出新机我都想买，但又觉得太浪费。如果用到坏掉再换新，心理上就容易接受得多，可以欣然更换不是吗？

中村　还有这种借口啊！学到了。

米仓　佩服。

——大家的讨论很有意思，但这段不能在广播里播出吧。[①]

中村　啊，对了，因为涉及其他企业。

铃木　不能用吗？

——这个节目的赞助商中也有 au[②]，而且，如果听众朋友们听了

[①] 本篇中"——"部分的发言者为 FM 东京的胜岛康一。
[②] 日本最大的电信运营品牌之一。

节目都模仿川上先生的做法，弄坏了手机就麻烦了。

中村　那样大家都会在泡澡的时候用手机看书。

川上　只要卡在换新机之前就没问题。

米仓　多么宝贵的信息啊。

中村　手机坏了也不介意的话。

铃木　最后加上注意事项不就好了，就说"请勿模仿"。

中村　广播节目中间不太好加吧！

铃木　也是啊。

● **影视化和陀思妥耶夫斯基**

铃木　没有人找您谈改编成电影的事吗？

中村　如果您指的是这部小说，还没有。把它拍成电影需要相当的勇气。

铃木　我有职业病，总会往这方面想。

川上　拍出来的话，会是一部超长的电影吧。

米仓　里面还有很多非常大胆的描写。

中村　是啊！完全是种挑战。

铃木　如果拍成电影，我觉得 DVD 那部分应该遵照原著。但电影人出于习惯，总是会将那部分戏剧化。如果能将 DVD 完全按照书中所写的来拍摄，一定很有意思。

中村　那么在电影院观影的观众们就会像观看瓦格纳的歌剧一样，有幕间休息，看个电影要花上好几个小时。

米仓　如果拍成电影，需要几个小时才能把故事完整讲完呢？

铃木　那要看由谁来拍。

米仓　两个小时可以吗？

铃木　做电影的人，两个小时、九十分钟的都可以。

中村　如果将教义部分去掉的话。

米仓　教义绝对不能去掉啊。

铃木　《卡拉马佐夫兄弟》也拍成了电影，但是很短啊。《玫瑰的名字》也是，看了之后会觉得奇怪，为什么要被拍成这样。

中村　确实，那部电影不是很长。

铃木　中村先生为什么喜欢陀思妥耶夫斯基？

中村　他的描写确实有些长。比如一位女性出场，会花上一整页描写她的服饰穿戴，尽管你不需要知道那些。但他写作的主题和内容非常有深度。我希望自己也能写出那样的作品，这是我的理想。

铃木　原来如此。中村先生版《卡拉马佐夫兄弟》。

中村　这种想法如果太过张扬就会招致批判，所以我只在自己主页的某处写了一点儿。

铃木　为什么会受到批判？

中村　不知天高地厚啊之类的，各种都有。如果发在自己的主页上，来看的都是我的读者，就还好。

铃木　人能畅所欲言就好了。

中村　当然。

铃木　在我们那个时候，《卡拉马佐夫兄弟》是必读书。

中村　果然啊。

铃木　嗯。还有《罪与罚》，都是年轻人非常关注的作品。之前从没有过那样的小说。有人曾经说过，陀思妥耶夫斯基和马克思，这两个名字放在一起，意即年轻人改变世界。确实是这样。

中村　影响还是很大的。

铃木　我有一位旧相识，就是已故的日本电视台的氏家齐一郎

97

先生，他最后在读的书就是《卡拉马佐夫兄弟》。他还问我："阿敏，这本书你已经读过了吧？"很多情节我只是隐约记得，他就一个人在那里自说自话。就是那段情节，眼前是渐渐腐烂的尸体，人们开始失去理智，这时有人大声喊道："这才是神圣的人！"他说，小说的精髓就在这里。他说了这些，然后过世了。

中村　人们都期望看到奇迹，结果却跟普通人一样腐坏。

铃木　是的。

中村　如果在那里出现奇迹的话，所有一切都将失去意义了。

铃木　绝对是这样。可以这么断言。

中村　而且是在那种场合。

铃木　是的。卡夫卡对您有什么影响吗？

中村　影响很大。我非常喜欢外国古典文学。

铃木　在您成长的年代很少见啊。

中村　我刚出道的时候二十五岁，二十五岁的人如果声称喜欢那些东西，在当时比较另类。人们用奇怪的眼神看我。

铃木　肯定会这样。

中村　现在再想，也许阅读经验特殊也是我能出道的理由。无论在什么行业什么领域，个性都非常重要。

● **能成为小说家的人**

铃木　对了，米仓有件事想问问您这位小说家。

米仓　是的。我非常喜欢读书，书对我来说就像水和空气一样，没有书我就活不下去。请问中村先生也是原本就喜欢读书吗？

中村　从高中开始喜欢的吧。我曾经很忧郁，非常非常忧郁，一直靠伪装活着。高一的时候一度忍受不下去了，觉得进了教室大家全都坐在座位上看着黑板，是一件让人反胃的事。现在想想我也蛮危险的。然后我就突然没法上学了。无端缺席会很显眼，我不想那样，就撒谎说腰坏了，不能去学校也不能坐着，请了一个月病假。后来我再去上学，就会举手报告说腰痛，申请去医务室，这样反反复复。

在那期间我遇到了太宰治的《人间失格》。我被书名吸引，觉得自己就是个失格之人，必须要读读看。就像人们阅读太宰治时常会出现的典型反应，我将自己代入到小说中去，觉得自己就是书中的主人公。从那时开始，我读了很多小说。

铃木　比如被说是"故意的"那里。

中村　那里我就觉得在写自己。

铃木　故意从单杠上掉下来，结果被看穿，说他是"故意的，故意的"那里。

中村　是的。

铃木　那里写得真好。

中村　从那时起，我的阅读越来越深入，对黑暗阴郁的本质也越来越好奇。我一门心思将自己埋进古典名著里，阅读陀思妥耶夫斯基、加缪、萨特、卡夫卡等等。日本作家就是三岛由纪夫、大江健三郎、安部公房，总之，读了很多很多书。

铃木　听起来像我们那个年代的人。

中村　真的是。

铃木　我今年六十七岁了。确实感觉那个年代的思想会在这本书中出现，比如《恶心》。您也读过很多萨特的书吧？

中村　是的。我刚出道时候的杂志总编也说过类似的话，说我读的都是上一代人书单里的书。但也不完全是，我也看漫画，还读了很多通俗小说，有什么新电影也会去看。我曾计划以现代文学出道，试着写了一些，但是完全不行，还是古典文学最体面。于是我就不考虑什么出不出道的，干脆就写自己喜欢的东西。结果，我在寻找新文学手法来反映二十一世纪的情节时，写了一个拾到一把手枪的青年的故事，然后拿去应征。其实那是一本非常正统的书，反而被看作是新感觉作品，就此出道。

之后，我就一边受到古典作品的影响，一边加进一些新的元素，直到现在。

米仓 您喜欢读书，尤其是小说，但您一直是以读者身份阅读的吗？从什么时候开始有了成为作者的想法呢？

中村 我有过极度忧郁的时期，甚至到了活不下去的程度。我想了解自己都在困扰些什么，就试着将它们写出来。写着写着，心里就平静下来。我也写过类似诗歌的东西，现在要是看到一定会很难为情。渐渐地，我开始试着写短篇小说。写毕业论文的时候，我第一次拥有了一台文字处理机。我就想，现在可以打字了，既然自己这么喜欢小说，干脆就试着写一部长篇小说吧。写起来感觉特别顺利，我就开始考虑，人生只有一次，不如就做这行好了。

当时我还加入过乐队，头发染成红色，穿着跨栏背心，脖子上挂着链子，玩硬式摇滚。我还特别想文身，结果勇气不够，所以搞了贴纸贴在身上。

铃木 贴纸啊。（笑）挺适合您的。

中村 演出快要结束的时候，文身贴纸上的十字架几乎被汗水冲掉了。

米仓 如果您真的去做摇滚乐，这里是不是会有文身啊。

中村 也许会吧。十字架啦骷髅头啦什么的。用贴的。（笑）

米仓 读者和作家，能量和切入点到底是完全不同的啊。我总觉得小说家需要的是迈出一步的勇气。

中村 您是指写作吗?

米仓 是啊。我本人非常非常喜欢读书,但从来没想过要自己写。只是单纯地觉得会写的人太了不起了。

中村 情况有很多种吧。比如我也很喜欢看电影,但从来没有想过要自己拍电影。我也上网浏览,却从没想过自己要成为发布者。也许就类似这种情况吧。

铃木 也有道理。怎么样,还满意吗?

米仓 非常满意。(笑)

● **在海外受到好评的东西**

米仓 您希望让外国读者读到您的作品吗?

中村 是的。《教团X》从一开始就是面向世界的作品。

铃木 第一部被翻译成外文的是《掏摸》?

中村 在亚洲也有过其他作品,英语圈是从《掏摸》开始。

铃木 怎样可以出版到海外呢?靠出版社的努力吗?

中村 我是因为曾经获得过大江健三郎奖,拿到那个奖,作品会被翻译成英文、德文或者法文,幸运的是那部作品被翻译成受众最多的英文。如果译成英文,很多国家的编辑就都可以阅读,再译成德文或者法文也容易很多。《掏摸》的主人公又比较特别,比较少见,所以就流传开了。《邪恶规则》那本书里写了很多美国军需产业的坏话,听说要翻译成英文时,我心里还犯嘀咕,转念又想,既然已经写出来了就豁出去吧。我在美国开签售会的时候,来了一位共和党支持者,南方人,块头很大,他说,我读了你的书,非常欣赏你的勇气。(笑)对方说的是英语,换成日语大概是那种意味。于是我对他说"非常感谢,我用日文签名了"之类的,签好名递还给他。(笑)但他们似乎没有"日本"作家这种认识。

铃木 好看的东西就是好看。

中村 美国人阅读时似乎不太分国别。

铃木 原本就是各个国家的人聚集在一起。

中村 是啊。用英语写作的人太多了。没有个性的话就会被埋没。

铃木 最近我读了池泽夏树的书,他写道,如今的时代,人在全世界移动常见且频繁,有些人以移民、难民的身份去往其他国家却遇到语言障碍,他们吃了很多苦,终于学会了当地语言。这些人用当地语言写的东西似乎别有趣味,在世界上很受欢迎。我读到这里非常有感触。世界文学全集已经不能以过去的基准来编写了。

中村 确实有这样的情况。日本小说已经不算罕见了,美国也有日裔作家,用英语书写日本文化。个体的个性如今比国别重要,没有个性就会被埋没。在中国啊,或者韩国啊,日本文学和日本作家依然受到欢迎,在美国就没有这些基础,完全是从零开始。不过,美国人特别喜欢日本的忍者呢。

铃木 超级喜欢。看到就马上拍成电影。

中村 还有,我在美国参加谈话节目时,旁边是一位写日本题材的外国人,他的书的内容似乎是武士和忍者打仗的故事。但是根本没有那种忍者或者武士呀!我这个日本人就坐在他旁边,他也不太好说什么。不能被别人戳穿嘛。但是我想着也许会有这种事吧,并且很应景地配合了节目。

铃木 我偶然跟斯皮尔伯格关系变得亲近。有次他想拍摄以日本为背景的电影,送来的剧本看得我连连称奇。那纯粹是一部以日本为舞台、时间设定在室町时代的日本电影哦。我很惊讶他们居然还做这种东西。现在已经过了时效，说出来也没关系。简单来说，剧本寄过来是想让我们指出哪里不妥当。这种问题当然有。我想说的是，大家现在选择题材跟国别也没有太大关系。

中村 在海外发布影像的时候，会有面向海外的策略吗？

川上 没有，我不信任海外市场。在互联网行业中很多人都说必须要把业务扩展到海外，但实际上很难。文化是属于某个国家的特定的东西。如果做内容，忍者这种在其他国家比较稀奇的东西，或许在海外可以通用。但是在互联网上，平台还是最重要的。我认为平台无法真正进入海外。

中村 哦，正相反啊。

川上 我跟创办 2ch 论坛的西村博之关系很好，最近他收购了美国的 4chan，功能跟日本的 2ch 几乎一模一样。当然，4chan 这个名字比较奇怪。

中村 确实。

川上 这个 4chan 在美国是什么样的存在呢？就是没有《电车男》出现的 2ch 呀！在日本，2ch 是因为《电车男》才被社会接受。4chan 连这种条件都没有，是个破破烂烂的地方。

中村 只有看的人才会看，隔绝于社会。

川上 浏览这个网站的人绝对不会跟别人说。就是那种奇怪的网站。但是登录该网站的人与受日本网络文化影响的人极为接近，现实中没什么朋友，只活在网络上，不工作，一天二十四小时在线。这些人喜欢日本的动漫，很多人都会看日本漫画。

中村 这样啊！真没想到。

川上 4chan 之所以会在海外流行，大概是因为国外没有专门面向弱者的文学。对那些在现实社会中蛰居、活在网络上的人而言，

103

这种文学大概只在日本以动画或漫画的形式存在。所以日本的东西在海外很容易被接受。

中村 是啊。并非启蒙，而是以娱乐为目的，这种东西在日本确实很多。不去指导或命令他人。

川上 对吧？是对人的肯定。不为启蒙的文学就是如此。

中村 肯定。海外的情况我不太了解，但在日本，形式非常多元化。

川上 非常多元。

铃木 日本一度输出了很多动画和漫画，在很多地方流行，像美国西海岸、英国以及欧洲各地。那里的人很像日本人。非常相似。跟以前的外国人完全不同。

川上 只有长相不一样。

铃木 那种迷迷糊糊、有点呆的感觉。

中村 吉卜力在海外就不是以日本动漫的形式被接受的。不是那种一般意义上的日本动漫。

铃木 是有明显的区别。

中村 是啊。吉卜力是救赎呢。

川上 除了吉卜力，日本的动漫对于一般的外国人是不能通用的。其中的一些要素，比如没有女人缘之类，很能触发某种类型的人群的同感。国外没有专门面向这种群体的内容，因而给日本留有一席之地。

米仓 确实如此。

川上 如果拥有一些海外没有的东西，是会有竞争力，但如果海外开始自己制作同样题材的东西，还是地域因素会取胜。

● 去爱所有的多样性

铃木 这部《教团X》正是这样，四位主人公心里都有阴暗颓丧的一面。

中村 是的。

铃木 这似乎是当今世界共通的。

中村 是的。我也是想到当今的世界局势才写的，比如恐怖主义。

铃木 从电影角度来看，我比在座的各位年长几岁，所以感触非常深，无论是动作、恋爱或其他题材，到某个时期，全世界所有作品的主题都是克服贫困。黑泽明的电影也是。

但就像日本经历过的那样，由于经济高速增长等因素，大家变得富足了，接下来就要考虑心灵层面的问题。该如何做？我感到这部小说里有一些提示。

川上 所以是宗教啊。这是现代的宗教。

中村 是啊。或许是一种无神可拜的教义或宗教。我突然觉得有些感动。

铃木 哦？

中村 非常开心。写了这部书真的太好了，感觉没白写。（笑）

米仓 我觉得自己真的被拯救了。

中村 为什么这么说呢？

米仓 书里很多地方都嵌入了一种思维——爱所有多样的事物。包容、谅解、宽恕。我与很多国家的人一起工作，偶尔会觉得很茫然。生活在如今这种超越疆界的时代，地球变得越来越小，与各国的人接触，有时会觉得特别空虚。我很难表达那种感受。

铃木 这种心情我能理解。

米仓 会觉得很伤感。更具体地说，我正在向发展中国家销售高性能手机系统，完善该地域的基础设施，但有时会感到这么做是在干扰该地域的文化。

铃木 书里也有提到类似的情况。

米仓 是的。以营利为目的，用产品换来金钱，导致当地文化逐渐消失等等，我会考虑一些更大的问题。

铃木 现实中，非洲的手机普及率已经达到百分之八十了。

中村 已经这么多了啊。

米仓 想到这些会觉得特别伤感，因为必须要站在与他们的文化相对立的立场上，会发生很多意想不到的事。当然也有很多有趣的事。（笑）我会感到恐惧，觉得不认真应对就无法在全球化的大环境中生存。必须要去了解对方，但又没有基准。在我看来属于常识的东西在他们看来就是不正常的。有时特别累。

读了这本书，看到书中对于认可、宽容，以及事物多样性的肯定，我觉得那些跟我处境相似的人一定会从中得到帮助和救赎。

中村 原来是这样……非常高兴能听您这样说。

米仓 让您见笑了。

中村 完全没有！我真的感到很开心。世界上还有很多地方跟日本的感觉、想法截然不同。比如我想描写恶，对非洲人来说什么是恶？了解后就会发现跟日本大相径庭，可能更加原生态、更加粗暴一些。贫困问题也不可同日而语。我读过一则报道，一位在日本从事风俗业的菲律宾女性，因为过度劳累身体受损，最后不幸死去。她挣到的钱都寄回给家人了。报道者想要了解她的家人如何使用这笔钱，于是特意跑到菲律宾去，结果看到她的母亲一个人住在一间破破烂烂的房子里。记者就问她，那笔钱哪里去了，答曰全部用来买彩票了。贫困让人们不懂得金钱的使用方法，一听说买彩票可以发大财，就盲目地尝试，这次失败，就想着下个月会走运。那种想法或者感觉真的跟我们截然不同。

川上 对于非洲为什么那么贫穷，而东南亚的经济为什么发展起来了，我曾听过一种说法……对方也是日本人，也许带有一些偏见。像政府开发援助这种经济援助，就是为了不让对方发展才做的。是为了让那个国家渐渐腐败、无法独立才实施的援助。然而，似乎只有日本没有很好地理解这一点，为了该国的经济发展给予援助。

所以日本的政府开发援助的特征就是日元贷款很多，虽然这饱受诟病。形式不是赠予，而是借贷。以借贷为前提提供援助也是一种投资。光是赠予往往会成为腐败的源头。

米仓 不是无偿的志愿者行动。

川上 嗯，不是的。

米仓 于公而言，这就形成一种对等关系。

川上 东南亚那些接受日本援助的地方，其后经济发展的可能性就非常高，因此日本也受到了来自欧洲以及美国的责难。

铃木 最近麻生大臣经常提到此事，说是要求偿还。我觉得他的说法很难得到理解。

川上 是的。这点很重要。

铃木 解释的方式很笨拙。

川上 是的。

铃木 从更广阔的视野来看，包括日本在内的发达国家中，大众消费社会正面临终结。但东南亚从现在才开始进入大众消费社会，恐怕转眼之间就会遍地开花。这个过程就像刚才谈到的那样。拿辛辛苦苦赚来的钱买彩票等行为，都是这种进程当中的现象。

中村 那边的贫富差距太大了。

铃木 我认识一位专门研究东南亚的学者，对方学习了很多东南亚的知识，写了很多文章。我也是第一次知道他的书。他写的是老去的亚洲、消费中的亚洲。东南亚低生育率的少子化时代已经开始了。已经没有哪个国家的家庭平均生育两个以上的孩子。这样下去，再过五年、十年就会赶上日本了。这就是亚洲的现实情况。

中村 环境问题也会出现。在中国等地，已经发生了。

铃木 世界会如何发展呢？我们好像面临着一场规模巨大、涉及各方面的变革。在这样的环境中该制作什么样的影片呢，这是我应该思考的。

米仓 还有，应该写出什么样的书。

中村 是啊。

《吉卜力大汗淋漓》，2015年12月播出，丹羽圭子整理

暗黑系小说的阅读时代再次来临
关于《跨越黑夜》

又吉直树

艺人、小说家。1980年生。隶属于吉本兴业株式会社。与绫部祐二的组合PEACE曾获2010年"短剧之王"亚军。2015年凭借《火花》获第153届芥川奖。《跨越黑夜》于2016年由小学馆出版刊行。

* * *

● **一本让人想重新阅读"小说"的书**

铃木　又吉先生真的很喜欢读书啊。

又吉　很喜欢啊。

铃木　真是不得了。甘拜下风。

又吉　您太客气了。

铃木　因为《跨越黑夜》这本书有深厚内涵呀。

又吉　您过誉了。（笑）

铃木　这本书是用写的吗?

又吉 一开始是口述的记录,后来又用故事的形式重新写的。

铃木 信息量非常大。我读过的书也不算少,其中包括又吉先生同代人的作品,但还是以早年近代文学的小说居多。

又吉 那些我都是从教科书上读到的,能吸引我的多是那个时代的作品。

铃木 比如太宰治。我虽然算不上他的热心读者,但《人间失格》这样的作品能流传于世有其道理。

又吉 是啊。

铃木 过了一定的年龄,阅读的方式和感想也会发生改变。

又吉 是会根据阅读时的年龄变化。作品本身并没有变,但因为自己改变了,会在以前没注意过的地方产生共鸣,特别有意思。

铃木 听说又吉先生每年年初都会重读《人间失格》。

又吉 是的。一开始是觉得有趣才读,现在再读就带着研究的性质。

铃木 真没想到呢。我读《人间失格》从没读得那么深入。我真的要好好读一读了。太宰治的作品中,《女生徒》我也想再读一遍。有些地方我很在意。

我今年六十七岁了,我们那个年代的人读过的作品又吉先生全都读过,这是您最大的特征。

又吉 是的。我的同龄人中,几乎没有人像我这样执着于近代文学。

铃木 我想起《海贼王》的作者尾田荣一郎先生。他看了很多我们那个年代的人看过的电影。

又吉 哦?是吗?

铃木 说出来他可能会生气,我曾经对他说:"《海贼王》就是当年的某某某作品吗！"结果尾田先生说："不要当着其他人的面这样说哦！"（笑）所以真的有这种做法吧？去读或者看以前的作品。

又吉　是的。上一代人做过的事情，有的又被当成新事物，你想做一个更新的东西，会发现其实上上代人做过了。下一代人往往会做与上一代相反的事情，再下一代也会同样逆反。要是像攀登螺旋阶梯那样就好了，但有的时候会重复。

铃木　我的朋友庵野秀明是动画电影导演，他曾经说："我们这一代是复制品的复制品。"您也喜欢看私小说吗？

又吉　是的。

铃木　真没想到。您才三十五岁呀。

又吉　是的。今年就三十六了。

铃木　私小说现在已经不流行了呢。

又吉　现在确实不流行了。感觉很快就要灭绝了。

铃木　这也是您写本书的原因之一吗？

又吉　以太宰治为代表的近代文学作家喜欢写自己。他们的影响依然存留在我的体内。我读到的时候觉得很有冲击力，也很好看，现在也找类似的作品读。

铃木　真是出人意料啊。了不起。

——（山崎）听说您刚来东京的时候，住的地方恰巧是太宰治曾经住过的地方。[①]

又吉　是啊。

铃木　不会是偶然吧？是特意找到那里住下的吧？

又吉　啊，不是的。我找到涩谷的一家房屋中介，必须当天就

---

① 本篇中"——"部分的发言者为中日新闻社的山崎美穗、岛田佳幸。

定下住处。艺人培训班在赤坂，我要找个乘坐丸之内线不用换乘的住处，就问中介："荻窪有没有合适的房子？"中介说荻窪没有，"但是三鹰有"。我没时间考虑，立刻去看房，虽然感觉房间很旧，但也就定了下来。

铃木 当时没想过太宰治？

又吉 模模糊糊地想过：三鹰好像是太宰治待过的地方啊。

铃木 因为是铁杆粉丝吗！

——（山崎）那间公寓就建在太宰治住所的原址上。

铃木 还是原址啊！

又吉 真的非常巧。过去的地址跟现在的写法不一样，不是几丁目，而是一千多少番。

铃木 位数真多。

又吉 我感觉太宰治故居应该很近，出门散步时特意去找，未果。我跑到图书馆查地图，一看"现地址"那里写的正是我住的地方。房子下面还留着原来的地基。

我现在的组合是"PEACE"，之前的组合叫"线香花火"。那个时候我们经常在井之头公园对词彩排。后来我们常去的那个地方突然开始施工，我们一开始觉得奇怪，说"这里不知在建什么"，结果一抬头，看到了屋顶上的机器人兵，才知道是吉卜力的东西。我们当时还兴奋地叫："喂！快看快看！"没想到吉卜力美术馆会建在那一带，真的建了很久呢。

铃木 《火花》里多次出现吉祥寺。主角经常走到前辈们住的地方，来一句"那边有点奇怪呢"，好像对那里特别关注。

以吉祥寺为舞台的小说我所知不多。不过，吉卜力工作室原来就在吉祥寺。

又吉 啊？是吗？

铃木 就在东急百货背面。

又吉 哦？

铃木 那里有家叫"武藏野文库"的咖啡馆，现在也还在。

又吉 有的有的。

铃木 吉卜力原来就在它上面。

又吉 是吗！

铃木 我们就是从那里起步的。

又吉 哦？说到武藏野文库，我经常去呢。

铃木 是这样吗？

又吉 那里的咖喱和咖啡很棒。

铃木 对对。那家店的大叔现在还干劲十足。

又吉 我在下连雀也住过，在那边散步时也看到过吉卜力风格的建筑。

铃木 我们在那附近做了一些展品。

又吉 果然。看外观就像。

铃木 吉卜力在所泽到多摩那一带拍了不少电影。《心之谷》和《平成狸合战》也是在那一带取景。

又吉 卫星城。

铃木 是啊。

又吉 我还曾跑到圣迹樱丘朝圣，那里是《心之谷》的舞台。

铃木 非常感谢。当时基本都在那里取景，还有屋久岛，是《魔法公主》《风之谷》等电影的取景地。言归正传，我拜读完您的作品，非常感动。

又吉 谢谢。

铃木 不瞒您说，我很长时间没看小说了。虽然我很喜欢看书，但却不太看小说。有一次《文学界》的总编送给我一本杂志，我读了他推荐的《火花》，非常震惊。我这个人说话比较糙，可能表达得不够准确，我当时感慨的是"世上居然还有人能写出这么古典的小说"。真的吓了一跳。

又吉 啊，我明白。

铃木 开头热海那段情节，虽然演员在说漫才，但观众都在看烟花。砰的一声烟花升起。我是做电影的，看到这里马上想"这里该怎么拍"。我发现主人公所站的位置表达得非常清楚。给我留下了深刻的印象。所以我就想，哎呀，现在也有人这样写作啊！

又吉 这种手法比较老套，现在大家都不这么写了。我个人先读的是近代文学，然后是现代文学，所以大家不断寻找的现代文学新方向和更加前卫的写作方式，在我心中反而显得陈旧。

铃木 我也读了大家热议的中村文则的《教团X》。完全是两个极端。

又吉 是啊。

铃木 我听说你们二位关系很好。

又吉 是的。

铃木 现在这个世界究竟是怎么回事呢？不过，就是这本《火花》点燃了火种，让大家又关注起小说。

又吉 如果真是这样，那我就太开心了。说起创作，我只懂得小说这一种形式。而铃木先生长年以来都是从制作人的角度创作。

铃木 我必须维持公司的运作。

又吉 我觉得那不是一般人能做到的事。必须要超越某个阶段。起初只是想做得朴素一些，简单一些，结果旁人的期待值越来越高，大家都觉得"绝对能做出更好的东西",这时就会有压力。

铃木　做《风之谷》的时候是最幸福的。我曾经在《Animage》杂志做过主编,请宫崎骏为杂志画漫画。我对追赶别人做出来的作品感到厌倦,看到杂志连载的《娜乌西卡》非常受欢迎,就想不妨将它拍成电影,再用这些素材出一本书。当初就是以这种感觉开始做的,所以制作起来非常快乐。到了第二部《天空之城》,那种快乐就淡了下去,有种不得不做的感觉。

又吉　大家的期待值又相当高。

铃木　当时还没有那么高。开始有工作的要素加入进来后,变得很辛苦。本来我是以一种纯粹的心态去创造。我在杂志编辑的岗位上已经"工作"得足够多,原本是想通过做电影从工作状态当中解脱出来。

● **导演与制片人的关系**

又吉　为了制作电影,您会亲自出席各种会面和商谈吗?

铃木　一开始特别需要。那是我该做的。慢慢就少了。宫崎骏在拍《卡里奥斯特罗城》的时候,居然没有一个客户来,简直是闻所未闻。

又吉　是吗?

铃木　亏损严重啊。电影行业是很残酷的。盈亏跟口碑没什么关系。要看有没有客户来,有没有人赞助。宫崎骏隶属于某家公司,照此下去很可能再没机会做电影了,我们刚好在那时认识。我觉得《卡里奥斯特罗城》很好看,宫崎骏很有才华。但他当时在考虑辞去工作,告别动漫界。

又吉　哦?还有这样的事?

铃木 我劝他再坚持一下，请他再做点什么。虽然对他能否制作出卖座的电影毫无把握，但我却有种感觉，跟他合作会很愉快。莫名其妙感觉投缘。人和人的相识真的很奇妙。

又吉 那是非常理想的开始。

铃木 我当时在编杂志，决定搞一些漫画来做，就开始了《娜乌西卡》的连载。宫崎骏当时已经从动漫公司辞职，必须要靠这部连载来养家糊口，所以他最关心的是能拿到多少稿费。（笑）

又吉 很真实。

铃木 是啊。他其实非常想画绘本，但又担心光靠画绘本难以维持生计，非常苦恼。回想起来，那段时期是他的转折点。

又吉 《娜乌西卡》确实非常非常好看，但是让大家把它作为极具冲击力的作品来追捧，又是为什么呢？

铃木 怎么说呢。我只是一直在旁边目睹整个过程罢了。当时以《棒球英豪》为代表的爱情动漫非常受欢迎。《周刊少年Magazine》《周刊少年Sunday》《周刊少年Jump》等杂志做的都是贴近生活的故事。我们最初一起商谈的时候，我提出最好做些"壮观的东西"。也就是说反过来做些大家都不做的事。

又吉 果然是这样啊。

铃木 我只说了这些，压根没想我负责的动漫杂志能不能靠这部作品赚到人气，心情很轻松。我问宫崎骏有没有喜欢的题材，他小心翼翼地提出，有个"娜乌西卡"的题材，我问他"娜乌西卡是什么"，他告诉我"是希腊神话里的一个女孩"。就这样，漫画开始连载。

又吉 后来《娜乌西卡》被拍成电影《风之谷》，接着就要制作《天空之城》，然后是《龙猫》《萤火虫之墓》。从那时开始，是不是就渐渐形成可以运营下去的模式了？

铃木 并没有。

又吉 到那时还没有？

铃木 没有。到最后也没有。包括现在。

又吉 现在也没有？

铃木 是啊，每次都是一部影片决胜负。

又吉 原来如此。

铃木 吉卜力是这样的。做一部电影，失败的话就此告终。吉卜力做的是电影院里放映的电影，如果失败，就没有明天了。即使这样也还是希望尽量做得开心。

又吉 吉卜力的所有员工都在这一点上达成了共识吗？

铃木 每个人认识到何种程度暂且不论，起码每个人都有种"失败的话就没有明天"的感觉。不过大家都很乐观。

又吉 我能明白您的意思。（笑）

铃木 真的很乐观。做《风之谷》的时候，大家也没有憋着劲儿一定要成功，只是很偶然地成功了。到了《天空之城》，制作虽然辛苦，但成功是可以预见的。（笑）《龙猫》和《萤火虫之墓》也是凭感觉做，觉得应该还行，后来才知道做法不对。

起到决定性作用的是《魔女宅急便》。这是一个带广告植入性质的企划，雅玛多运输来询问我们的意向，我们也没多想，觉得没什么不行的，就接了下来。于是，我就和宫先生一起做了这部电影。

电影刚开始制作时，一般会讲到发行的问题。负责发行的东映问我："雅玛多运输在全国有那么多营业所，居然没有预订票？"我不明就里，回问是怎么回事，才明白东映考虑到雅玛多运输的众多营业所，哪怕一个所订十张票也好，才接下了这部电影的发行工作，没想到当初的约定并未被遵守。我马上声明"我们并没有这样约定啊"。结果对方告诉我:"铃木先生,《风之谷》《天空之城》《龙猫》一路做下来,票房可是越来越差了啊。"我想那又怎么样嘛!一问才知,"宫崎先生也说这是最后一部了"。

我一直没在意这种事,只顾享受做电影的幸福,可以说太轻率了。这时我才知道着急。我到现在也忘不了,对我说那番话的是原田先生,我特别感谢他。记得当天我就跑到日本电视台,表示要"把宣传做起来"。那是第一次啊。我当时想的只是,如果以后没的做可就完蛋了。

又吉 是啊。

铃木 我还向日本电视台提议:"有没有兴趣投资我们正在制作的电影?"现在想起来,自己可真是胆大妄为。没想到负责的横山先生居然应了下来。接下来一路推进,《魔女宅急便》成了当时史上最热门的电影。怎么说呢,应该是撞了大运吧……真的只是运气太好了。(笑)

又吉 感觉铃木先生真的很大大咧咧啊。

铃木 真的,不是故意,也不是为了好笑才讲这些。在做《魔女宅急便》的时候,我还是杂志社的总编,身兼两职,所以做电影总带着玩票的意识。做杂志是本职,所以做杂志时我非常认真。但是对电影,潜意识中总觉得"最差就是做砸了嘛,那也没办法"。

一直到吉卜力的独立作品《儿时的点点滴滴》,我才认真起来。但在某些地方还是比较鲁莽。原因我自己也不清楚。大概是来自一种相信凡事都会顺利的乐观性格吧。所以有的时候,命运也是由自己决定的啊。

又吉 《魔女宅急便》之前,您还没有认真投入的时候,作品本身也都特别有趣。我不知道业余爱好这种表述是否准确,但确实有种一边享受一边制作才能做成的感觉。

铃木 宫崎骏这个人,做事特别拼命。这一点非常重要。方才我也讲过,我们是在他做《卡里奥斯特罗城》的时候认识的。当时我去采访他,结果他对我说:"你是打算利用动漫这个素材做出骗小孩子的书吧?"他还说:"我怎么能跟这种杂志合作呢!"我当时想,真被你说中了。不过,就那么离开也太可惜了嘛。

于是,他在那里工作,我就搬一把椅子坐到他身边,也不找他搭话。大概到了中午,他突然说,我接下来也要一直工作啊,然后就一言不发。我呢,就坐在旁边做自己的事,等回过神来,一看表已经是凌晨四点。他一下子从座位上站起来。真是让人终生难忘。然后他说:"明天九点哦。"我以为是晚上九点,结果他说的是早上九点。(笑)

又吉 太厉害了!

铃木 第二天九点我又去了,结果他又是一整天一言不发,一直工作到凌晨四点。

又吉 可是铃木先生是去采访的吧?对方明确表示没什么可说的,您就一直在旁边守着?

铃木 是啊。我心里也很懊恼!恨恨地想:"这个混蛋。"

又吉 一般人就回去了。

铃木 我当时想,他只要开口就是我赢了嘛!第二天不是也做到凌晨四点吗?这次他也不是什么都没说哦。隔了一天,我九点钟又准时登场,宫先生也照常上班。大概到了中午吧,他看着分镜图突然问我:"这个叫什么?"我一看,是飙车追逐那场戏,这是他第一次开金口。当时我带了一名编辑一起,那家伙刚好对场地自行车凯林赛很有研究，马上回答："这叫外道超越。"宫崎骏听了之后说："外道超越？没听说过呢！"那个编辑告诉他："有这个术语的。"《卡里奥斯特罗城》里不是有那句台词吗："上外道！"

就是从那时起，他不再沉默了。我们第一次见面是在三天前吧，大概是九月份，结果那年直到最后一天，我都在跟他打交道。虽然我不再跟到凌晨四点，但他永远会工作到凌晨四点，早上九点再开始新一天的工作，而且没有周六周日。跟着他真的太累了，会想这个人是不是有毛病啊！

又吉 太拼命了。

铃木 做《风之谷》的时候也是一样。他真的精力充沛。做《卡里奥斯特罗城》时他三十八岁，做《风之谷》的时候四十二岁。每天早上九点开始工作，一直到第二天凌晨三四点。《风之谷》因为我自己也有份参与，所以没办法，只能全程陪同。但是我不用画图，只要在那里守着就好，所以还算轻松。

又吉 真的不容易啊！

铃木 一个月只休息一天，他真的是位实干家。世界上竟然真的有这么勤奋的人。

又吉 真是令人敬佩。

铃木 有次我问他："为什么这么拼呢？"他回答说："时间宝贵。"就是因为时间宝贵，所以要尽可能利用起来。其间还出了点差错，可能赶不及上映，分镜要从半路重新画。原本有场巨神兵与王虫之战，为了能赶上原计划的上映时间只能去掉。其实对我来说，推迟公映时间也没什么大不了的。（笑）

又吉 宫崎先生太伟大了。

铃木 到了《魔女宅急便》，他才提出周日休息。之前一直是那样的工作节奏。

又吉 从早到晚真能撑住啊!

铃木 是的。

又吉 也需要有体力。

铃木 他有。

又吉 我也总觉得时间宝贵,不想浪费,总会做到凌晨四点。

铃木 啊?这样啊。(笑)

又吉 是的。四点之前不睡。但是基本上从三点开始就撑不住了,虽然人还坐在桌前没睡。

铃木 为了写作。

又吉 是的。

铃木 旁边没有别人陪着也不行吧?

又吉 别人?没有,一直都是我一个人。

铃木 如果有的话,大概就会更有精神。

又吉 那让谁陪着才好呢。(笑)

铃木 大家一起工作才有无法想象的干劲。

又吉 吉卜力很了不起。推出那么多作品,又不惜花费时间追求细节。对于合作完成这些的团队是如何构成的,我非常感兴趣。宫崎先生、高畑先生还有铃木先生您,都是怎样想的?如何保持创作的动力呢?

铃木 这样说也许有些怪,宫崎骏这个人,没有创作过自己真正想做的东西。他会顾及观众的感受,做得非常彻底。

又吉 太了不起了。

铃木 就算自己特别想做的东西也会放弃。

又吉 也就是说观众不想看的东西?

铃木 是的。更重要的是"现在应该做什么"。比如为什么不制作《龙猫》的续集，他的理由是制作续集是纯商业行为，这种情况下制作团队会同意吗？不得不承认，真的像他说的那样。他年轻时常对我说："铃木，创作有三个要点。首先，无论如何必须要有趣，逻辑道理什么的不重要。其次，要尽量说出自己想说的话。第三，也要赚点钱，否则就没法制作下一部了。"

又吉 这三点确实很重要。

铃木 让我最深刻地感受到他的干脆彻底的，就是在制作《魔女宅急便》的时候。有一天只剩下我跟他两个人，他突然说："铃木，咱们别干了。""什么？别干什么？""《魔女》继续。吉卜力结束。"他接着说，"我一开始就讲过，同样的团队如果一起制作了三部作品，人际关系就会变糟。为了整理关系必须让大家都辞工，然后再从头开始。"我当然极力反对。大家难得做得这么有兴致，为什么一定要结束呢！我们就是从那时开始采取了各种办法，将团队成员录为正式员工、提高工资收入等等。

到《魔法公主》时宫崎骏已经六十岁了，我反过来向他提议："宫先生，要么就收山吧？咱们已经仁至义尽，可以结束吉卜力了。"他却一本正经地说了一番一点儿都不像他的话，什么社会责任之类的。（笑）我当时想说，你哪里是关心这种东西的人呢？

又吉 你们相处得真的很好啊！

铃木 缘分吧！

又吉 宫崎先生与铃木先生两人各自负责的工作，如果都由一个人来做会怎样？团队工作会进展顺利吗？

铃木 我想不会。

又吉 为什么呢？

铃木 如果是那样的话，抱歉，我是这么想的：电影导演伊丹十三先生是制片人兼导演吧？他才华横溢，令人惋惜的是他已离开人世。我想理由就在这里。导演只管做出好的作品就可以了。卖不卖得动是制片人的事。我觉得让一个人承担这些不太好。你负责制作，我负责销售，就该是这样的关系。

又吉 是啊。我要在更大的现场表演时，一定会想找合得来的制作人。

铃木 我感觉应该是这样的。

又吉 创作的时候还是应该把精力集中在创作上。

铃木 没错。宫崎骏就很彻底。一张海报也不画，对宣传没有任何兴趣。所以每次的海报都是我弄的，标志也都是我自己设计。他说："跟我没关系，你自己做嘛！"

又吉 这对创作者来说倒是非常难得。

铃木 确实如此。他真的生气是在做《魔法公主》的时候。之前我都会安排宫先生接受采访，那次他好像意识到了什么，说："为什么我要做这些？我只搞创作已经用尽全力了，为什么还要接受采访回答问题啊！这不是制片人的工作吗！"他气势汹汹，冲我大发了一顿脾气。我就是从那个时候开始出现在公众视野的。

又吉 原来是这样啊。

铃木 他是一个想生活在纯粹的创作环境里的人，不愿参与一切宣传活动。非常彻底。一张海报、一份草图、一个点子都不会给。那些都是我自己做主再告诉他，然后交给员工修改完成。

又吉 我也是每月一个人做一小时的现场表演。如果有表演之外的事，就会非常耗费精力。比如正要想出一个点子的时候突然被打断。

铃木 我明白的。这种情况就让其他人做好了。宫崎骏就非常泾渭分明。

又吉 能够划分清楚也很了不起。

铃木 他会说:"与我无关。"

又吉 就这么直接说吗?

铃木 是的。他对我要做什么宣传推广完全没兴趣。我印象里只有一次——在做《千与千寻》的时候他过问了。我准备用无脸男和千寻做宣传重点。他好像在报纸还是哪里看到了这个消息,跑来问我:"铃木啊,你为什么要用千寻和无脸男做宣传呢?""难道不是吗?这部片子说的就是这个吧?"我反问他。于是他说:"啊?难道不是白龙和千寻?""你在说什么呢,不对吧!"我回道。他奇怪地看了我一眼,转身回去了。后来我们照例有个试映会,看完全片后他默默地走进我的办公室,对我说:"铃木啊,我明白了,这是无脸男的电影。"创作者有时候会这样的。只是他自己没有意识到而已。

我会站在客观的立场上看电影,千寻、白龙、汤婆婆,还有无脸男。说起来有人可能不信,我将各个人物出场的秒数累加起来计算过。第一位当然是千寻,第二位则是无脸男。

又吉 哦?原来是这样。

铃木 这是宫崎骏潜意识里的东西。做推广时,必须要用无脸男。我是经过冷静计算和衡量才决定的,没有加入个人感情。现在想想也怪有趣的,但当时我很认真。

● **坚持不懈地写作到三十八岁**

——(山崎)我想请教一下又吉先生,获得芥川奖之后,演出现场的气氛有什么变化吗?

又吉 一开始当然收到了非常多的祝贺与恭喜。因为我在组合里,配合时又发现了很多跟之前不同的新的表演方式。

——(山崎)有没有让人刮目相看?

又吉 多少有点不一样吧。之前我的台词都在一个固定范畴内,"莫名其妙""听上去好讨厌""又说些怪话"之类的,现在大家会认真听我到底在说什么,反而不好应付。之前我的工作比较保险,暴露出另一面就会听到不同的反应,比如"哎?这段不好笑吗"。所以我尝试让大家认识到,不是得了芥川奖之后变得不好笑了,而是我按照自己的意思说出来的那些话本身,就分为可以传达和无法传达的。

铃木 您非常重视语言。这本书中也写道,写出长长的句子,再将它改成简短的语言,让人十分佩服。《行人》是夏目漱石的那篇吗?

又吉 是的。

铃木 您不太喜欢吗?虽然您没这样写。

又吉 不是的。夏目漱石的作品我全都拜读过,我是按照印象深浅的顺序写的。

铃木 我很喜欢《行人》。哥哥神经衰弱,娶了一个太阳一样开朗的妻子,婚后的情形却让人生气。弟弟目睹了这一切。这部作品给我留下的印象很深。然后就是织田作之助的《夫妇善哉》。那是我最喜欢的小说。

又吉 是吗?我也很喜欢那本书。

铃木 织田作之助这个人我就非常喜欢。

又吉 太有意思了。没有任何说明,两个人在一起的情形不是用语言,而是用风景让人体会和感知的,这种手法令人佩服。

铃木 您有没有有意识地进行具有画面感的描写？

又吉 演出时要穿上戏装，成为扮演的角色，说漫才时要考虑如何通过语言在观众脑中构建画面，我想自己已经形成了习惯。写文章时，我虽然没有特意考虑创造画面感，但总会下意识地想象读者心中可能会出现的画面。

铃木 您的写作非常认真和具体。中村文则先生好像不太写那些。

又吉 啊哈！

铃木 我与他的相识非常偶然，偶尔还会一起吃个饭。他说："如今，读者并不想读过于细致的描写吧？"我则回答："也许吧。但我们这些古典派还是非常想读的。"他这个人蛮有意思。

又吉 嗯，中村很有趣。

——（山崎）您一般什么时间写作？

又吉 工作结束之后。九点收工就九点以后写，半夜两点收工有时就算了，但如果半夜一点收工，我就会写。

铃木 每天一定会写吗？

又吉 总是会写点什么。

铃木 了不起。

——（岛田）过去的作家，比如太宰治，会对一些错综复杂、具有破灭倾向的题材情有独钟，您也会吗？

又吉 怎么说呢……也不能说对破灭题材情有独钟。如果抱着健康长寿、家人平安、家庭兴旺这种具体而现实的想法生活，写出来的东西就很难有太宰治或者芥川龙之介那样的风格，所以相对看来，倒确实是倾向于那种感觉。

应该说是一种不安吧。虽然我没有恋人，但也会担心如果有了女朋友，结了婚，那么现在头脑中的那些感觉就完全用不上了，整个人都会不一样了……那并不是对破灭性的渴望。现在有现在的思考，同时我也会想有了恋人、有了家庭之后，是不是会写出更好看的作品。

——（岛田）您刚才对铃木先生就持续创作这方面提出了一些问题，就您个人来讲，现在出了第二本书，在心情上跟第一本时有什么不一样吗？

又吉 刚才我问铃木先生，也是想让自己心安。当我听到他说做《风之谷》的时候非常快乐，就很有感触。我在写作《火花》的时候，是毫无压力的。我身边的前辈说："你那么喜欢书，跟其他的艺人出书的出发点是不一样的，写作肯定会有压力吧？"我当时回答："完全没有，因为谁也不对我写的东西抱有期待，我写的内容也不是什么欢快、张扬的东西，没人会注意到的。我只是想在自己喜欢的领域里表达一下。"真的是完完全全没有压力，写作的过程也很享受，没想到居然成为大家热议的话题，那时我才有些紧张。

铃木 又吉先生的小说创作才刚开始呢。世事就是这样。我读了这本书，觉得很阴暗呢。（笑）

又吉 是啊。

铃木 阴暗的程度确实非同一般。（笑）不过它也是武器。

又吉 是的。

铃木 或许从今以后，大家会开始阅读这样的作品。现在正是蜕变期。我重读此书，真的这么想。破灭型人物的出现是从现在开始的。

刚才我也说过，热海那一段从创作者的角度来看，能感到丝丝凉意。这个开头真的太好了。

又吉 谢谢。

铃木 我很期待您今后的作品。但是到了那个时候,最重要的是同时拥有另一个职业。

又吉 是啊。

铃木 靠当作家就能生活的国家只有日本吧。放眼世界,大家都是在写作的同时从事各种职业,老师、医生、律师……额外拥有一个职业的写作者与如今的职业作家不同,我对此有很高期待。您热心阅读上个时代的书籍,会写出何种形式的作品呢?我非常期待。

——(山崎)您有很多想写的题材吗?

又吉 有很多啊。虽然很多,但是也有像铃木先生方才所说的持续创作的难点。写作不需要制作费,写是可以写下去,但不一定能出版。网络上的表达更随意、更没有限制,但我想在压力中继续做下去。某种意义上来说,也是一局定胜负。

——(山崎)您在写作过程中有没有觉得很快乐?

又吉 写作的时候当然快乐,一想写作之外的东西就开始忧郁了。

——(山崎)《火花》销售了大约二百四十万册。很多人都读了。

又吉 是的。

铃木 《火花》这部作品,我想很多读者都是读了开头就放在那里。我感觉,现在离他们拿出来重读的日子越来越近了。我问了很多出版社的人,据说许多人只读到一半。为什么会这样呢?因为他们都是读着读着就耐不住性子了。

——(山崎)刚看了开头就算是读过?

铃木 不是不是。我的意思是,那本书的描写非常细致,追着读很花时间。我想应该在悠闲的状态下阅读才好。

又吉 我喜欢的作家都是些很难读的。我特别喜欢无法快速阅读的作家。但《火花》我还是抱着易读的想法写作的。

铃木 不，您的语言还是非常严密的。听说您连古井由吉的《杳子》都读过。太了不得了。

——（山崎）在《火花》当中，我强烈地感受到搞笑艺人对自己事业的自豪感。

又吉 我还是喜欢那些有趣的东西，不分类别。

铃木 对您来说，活着和读书不可分割，不读书就活不下去。

又吉 读书已经成为日常。

——（山崎）这一点非常难以理解。

铃木 我想他一定是这样的。

——（岛田）今后有没有打算写一写以谐谑为主题的幽默小说，或者在小说里面搞笑？

又吉 也许不知什么时候就写了。夏目漱石也有很多惹人发笑的小说，我感觉这种小说能得到专业人士的赏识。灰暗和搞笑的题材我都喜欢，听到别人推荐特别搞笑的书，我就会找来读，至于能不能笑出来，我自身的满足度和评论家、作家们的评价不一定会一致……我是一名搞笑艺人，对有些笑点并不觉得惊奇。我想写一些灰暗颓丧的小说大概也有这个原因。

铃木 我希望您能写一写灰暗调子的东西，还有私小说风格的作品。这些很久没看到了。最后写这种风格的是野坂昭如先生，他的作品总的来说还是属于私小说范畴。

又吉 是啊。

铃木 当时我们为了《萤火虫之墓》的版权去他府上拜访，对方要求我们上午去，所以我们一早就过去了，那个时间他已经喝上啤酒了。看到这个情景，我就觉得这个人是性情中人。

又吉 我一直很想拜会一下野坂先生呢，一次也好。

铃木 说起来真是不可思议。我当时是和新潮社的人一起去的，路上我问对方对电影制作的版权费怎么考虑，得到的回答却是"没有那种东西啊"。我吃了一惊，忙问为什么。就在这时我们到野坂先生的家了。新潮社的人告诉我说："这房子就是新潮社出资建造的啊！"他说，写多少稿子也不够。那种时代就是这样。应该是野坂先生曾经表示过想要座房子吧。

又吉 出版社出资赞助吗？

铃木 那个时代就是那样的啊。不知道怎么描述才好。

——（岛田）是不是像他那样很厉害的作者，可以在社会上生活得比较富足？

铃木 富足吧，或者说当时书的价值非常高？

——（岛田）非常有度量的时代。

铃木 虽然现在景况不好，但我总觉得那样的时代正在悄悄靠近。那不是很好吗？现在健全的小说太多了。

——（山崎）又吉先生不健全吗？（笑）

铃木 不，我的意思是，世人大多是健全的，只是在角落里有些奇怪的人。这些人因为被排斥，所以有不一样的奇妙经历，把它们写出来，让健全的人去读，这才是应有的结构。

——（岛田）有的作家跑步，锻炼身体，非常关注健康，对此您怎么看呢？

又吉 锻炼身体的人写出来的也不都是同样的风格。或许想通过身体的锻炼，为与自己一起年岁增长的主人公留下一些清新、有力的东西吧？不想让年龄相仿的主人公疲倦之类的。

铃木 三岛由纪夫曾经说过："太宰治如果每天早早起床，用冷水擦身，就不会写出那样的作品。"但是《假面的告白》完全就是太宰治的风格啊。三岛会刻意写一些明快向上的东西。所以我觉得《潮骚》有勉强的成分在里面。

又吉　我认为太宰治和三岛由纪夫从根本上非常相像。

铃木　完全一样。

又吉　太宰治用身体羸弱、善于倾听为武器，而三岛依靠锻炼身体进行反抗。从中能感觉到他们相似的苦恼。

铃木　完全是互为表里。三岛由纪夫最后切腹自尽。

又吉　是啊。

——（山崎）又吉先生，听说您将自己的寿命设定在四十岁？

又吉　没有，我小学的时候，比较流行诺查丹玛斯预言，据说世界将在1999年终结。一听说自己只能活到十九岁，我就决定彻底放弃学习，只做自己喜欢的事，连定期的牙科看诊都不去了。我想着左右是死，为个虫牙去看医生太亏了。

——（山崎）您是认真的？

又吉　当时确实是认真的啊！然后1999年平安地过去了，2002年日本将举办足球世界杯，我就觉得世界起码可以撑到我二十二岁，那就努力活到那个时候吧。就这样，我养成了一个习惯，每次都会调整一下设定。现在是以三十八岁为目标活下去。

铃木　还有两年。（笑）

又吉　这样活着很轻松的。三十八岁之前不能偷懒，要努力。

——（山崎）太有意思了。我还是头一回听说。

又吉　人真的不知道自己什么时候会死。我喜欢创作，不想半途而废。（笑）

● **作家与编辑的关系**

铃木 按照某个时代的观点,文学是为了弱者而存在的,您对此怎么看呢?

又吉 是啊。一旦强调是为了弱者而存在的,就会产生弱者的正义,那些高学历的人、有钱人的缺点反而会成为抨击的对象。

铃木 野坂先生的《萤火虫之墓》是以真人真事为基础的虚构作品。本来想与妹妹一起活下去,妹妹却死了。这是一个关于像"我"这样幸存的人请求世人原谅的故事。非常残酷。

又吉 是的。

铃木 冷静地想一想的话……

又吉 反过来说是在杀死自己。

铃木 我非常喜欢《萤火虫之墓》,想把它拍成电影,记得当时与高畑勋导演谈论得最多的就是自我怜悯、自我安慰。但是做出来的电影将这部分去掉了。高畑在这方面与我意见不同。我表示有自我怜悯才会拥有读者,但高畑是个意志坚强的人,不喜欢那种东西。

又吉 听您这么一说,读书就变得非常轻松。我还是喜欢人物与自己有相同弱点的小说。我会阅读灰暗的小说或关于死亡的作品,有人对此不解。我非常理解他们的不解。虽然如此,看到积极向上、主人公非常坚强的作品,我会感觉自己被狠狠地推开。吉卜力的作品似乎二者皆有,并行不悖,将人引领到希望之所,跟随着它,明天继续努力。

铃木 因为那是给孩子们看的东西呀!存在一座拦截灰暗颓丧的堤坝,所以可以走向希望。细究起来,宫崎骏这个人更灰暗更消极呢。(笑)

又吉 消极之人的明朗,基本上都是一种温柔,所以没关系的。

我虽然非常喜欢骨子里积极明快的人，相处起来还是会有些累。当然，人的想法各不相同，也许对方会觉得："你这家伙才让人觉得累呢。"有积极的作品出现当然很好，就我个人来讲，不希望因此排斥消极灰暗的东西。

铃木　我明白您的意思。刚才说过的《千与千寻》，一家人进入一个神奇的小镇，爸爸和妈妈变成了猪。此时千寻开始拼命奔走。在画分镜的阶段我就对宫先生说，那个摄影机的视角怎么看上去有点情色啊，很像江户川乱步。

又吉　嗯，嗯。

铃木　那里有我这个十分健全的人在啊，我就会想，这样的东西能给孩子看吗？其实，宫先生的作品当中经常会有情色成分。《心之谷》里更加让人瞠目。作者把月岛雯喜欢的圣司君赶到了意大利，后来去接近她的不是那个老爷爷吗？里面有一处镜头，台词是："你就是一块原石。"我看分镜图的时候看到这个，就去找宫先生问个究竟。结果他说："铃木，原石这种东西，到处都有啊！"（笑）说得我顿时无语。后来两个人还一起吃锅烧乌冬面。那里应该算那部电影中最明显的爱情情节了。我这个精神健全的人不得不对此发出疑问：这样的东西给孩子看合适吗？后来想想也就算了。（笑）

又吉　《心之谷》我在小时候看过。我中学时代就开始自己写东西，然后把写好的东西拿给人看，紧张得不行。电影中的主人公不也是吗，特别是将自己写的小说拿给权威的大人看、等待评判的那段时间。

铃木　非常难熬。（笑）

又吉　当她听说"虽然有一些地方尚显粗糙"的时候，哇的一声哭了出来。那个地方我非常能够感同身受。所以怎么说呢，从小孩子的角度来看，根本就注意不到什么恋爱情节。（笑）迈上成年人的台阶，利用创作进入大人的世界，在当时的我看来，是一件很了不得的事情。不过您现在这么一说，重看可能感受会不一样。

铃木　不管电影还是文学，里面没有这些因素就没有人会看了。（笑）

又吉　是啊。

铃木　《红猪》里有一位名叫吉娜的女性，还有一个名叫菲儿的女孩子。脚踏两只船哦！当时我就想喂喂喂，适可而止吧。（笑）我索性向宫先生建议要不结尾这样处理吧：红猪回到秘密基地，晚上偷偷溜出去。结果他的家也在那里，只见他太太从家中走出来，对他凶道："你这个人！怎么到现在还没收拾好那些垃圾！"这不是很现实吗？结果宫先生当真了，非常生气。（笑）

又吉　太逗了。

铃木　真的。没有这种东西就没意思了嘛。

——（岛田）请问铃木先生，您接触到又吉先生的作品和本人，身为制作人有什么想法？

铃木　不会那么简单就知道的，拿到原稿很不容易。我也在出版业做过，对这个比较清楚。必须要写很多东西才行啊。

又吉　没有没有。我觉得自己需要找到像铃木先生这样的人。

——（山崎）您身边没有这样的人吗？

又吉　有一起做现场演出的伙伴，但大多是晚辈，最后都得自己来。

铃木　我明白。松本清张在文艺春秋的杂志上发表过文章，他在过世之前不久，坦诚地说自己的作品分别都是与哪个人一起完成的。那些全都是编辑啊。松本清张挨个记述了每个人的特点。还说有关《昭和史发掘》的各种谣传，说什么有制作团队，全都不符合事实。他还说，我能写出这本书是仰赖这家出版社的这位编辑。诸如此类，他将每个人的名字都写了出来。之后不久他就去世了。那部书很有意思，我觉得一个人真的很难完成。

——（山崎）合作的编辑不同，作品也会有不同的呈现吗？

又吉 我想是的。

铃木 有时一句不经意的话就会产生化学反应。我只会通俗地表达，但跟宫先生交往，总是会有意想不到的反应。这种反应持续发生。他会帮助我理解得更深刻。

又吉 我写《火花》的时候，原稿写好就交了出去，但现在交稿前内心戏很多。比如现在交出去对方会不会不感兴趣，对方能不能理解某处的处理是有用意的。在对方看稿前故意做出不相干的样子，又会说一些十分相关的话。

铃木 交稿策略是必需的。比如故意摆出无所谓的样子。（笑）

又吉 也有那种情况。（笑）

铃木 作家其实很有意思，比如吉行淳之介先生。

又吉 啊，吉行先生。

铃木 我刚刚工作的时候，曾经将他的《沙上的植物群》刊载在杂志上并配上插画，是请某位插画师来画的。我当时征求吉行先生的意见，他马上就同意了，于是我就告诉他我们会起用画师某某某。结果过了没多久，吉行先生突然打来电话，问我"铃木先生，那个，是找谁画来着"，我就告诉他插画师的名字，他说："哦，那家伙啊，好的，同意。"他真的是个风趣又恬淡的人。作家有很多种，他是让人感觉很舒服的那种。

——（山崎）很内向吗？

铃木 不知是不是内向。总之他是为了爱情而活的人。

又吉 好帅！

铃木 是啊。他的父亲也很了不起。

又吉 您也很早就发现了野坂昭如先生呢！

铃木 您对野坂先生的文风怎么看？

又吉 我喜欢他的文风。既引人发笑，又有让人沉浸其中的魅力，节奏感也非常好，我很喜欢。

铃木 您的这本《跨越黑夜》也让我获益匪浅。

又吉 您过奖了。

铃木 这本书让我有了读书的欲望。我很惊讶您喜欢远藤周作的《沉默》。那是我学生时代的作品了。话说我二十岁左右的时候，外号叫基督哦。留着胡子蓄着长发。

又吉 我也曾经被叫作基督。高中的时候。

——（山崎）非常有共同点啊！

铃木 哪里哪里，只是巧合。阅读这本书让我想起了很多已经忘记的事情，非常有意思。

又吉 谢谢。

铃木 书中还介绍了《火花》这个标题是怎样取的，也很有趣。今天真的非常感谢您。

《吉卜力大汗淋漓》，2016年7月播出，丹羽圭子整理

2016年7月14日初载于《中日新闻》

"整部电影安静、克制、舒适"
《红海龟》

迈克尔·度德威特

动漫创作者。1953年生。作品《和尚与飞鱼》（1994年）获得奥斯卡最佳动画短片提名，后凭《父与女》（2000年）获得该奖项。2016年9月上映的《红海龟》获得第69届戛纳电影节"一种关注"单元评审团特别奖、第44届动画安妮奖最佳独立动画长片、第89届奥斯卡最佳动画长片提名。

池泽夏树

作家。1945年生。1984年凭长篇小说《夏日清晨的成层圈》出道。1987年凭《静物》获第98届芥川奖。另有《大自然母亲的乳汁》《梅西亚斯·吉里的垮台》（同为新潮社出版）等多部作品。自2007年起从事《池泽夏树个人选编：世界文学全集》全三十卷、《池泽夏树个人选编：日本文学全集》全三十卷（同为河出书房新社出版）的汇编工作。

* * *

● **电影没有台词，在绘本中小岛成为叙述者**

铃木 今天我们来聊一聊《红海龟》。首先我想介绍一下本片导演迈克尔先生。他的全名太不好读了，我很难准确发音：迈克尔、度德、德、威特先生。先请迈克尔先生介绍一下自己。

迈克尔 我是一名来自荷兰的动画创作者。在接到吉卜力动画长片的拍摄邀请前，我主要制作广告片和动画短片。

铃木 今天我们还请到了另一位特别嘉宾，作家池泽夏树先生。我是池泽先生的铁杆粉丝，这次请他为《红海龟》写了一篇解说文。池泽先生看了影片，非常喜欢。

我们一起探讨了很多，迈克尔先生的画面非常精彩，我就想是不是可以做成绘本，请池泽先生将它编成书并附上文字。现在我们也请池泽先生简单介绍一下自己。

池泽 好的。我曾奇怪为什么找到我。不过，我确实非常喜欢这部电影，很高兴能尽绵薄之力。《红海龟》这部电影不是通俗浅显的作品，也不会艰涩难懂，它特别有味道，所以我只是写了些个人想法。

后来要制作绘本，我必须为绘本加上文字。如今电影即将上映，绘本也马上要推出，就有了今天晚上的这次会面。

铃木 十分感谢二位拨冗前来。我非常想跟二位好好聊聊。我在戛纳向迈克尔先生提出制作绘本、请池泽先生配上文字的意向。池泽先生的建议是，《红海龟》最大的特点就是没有台词，那么让小岛来做叙述者如何。我觉得这个想法真的很棒，坚信这项工作一定会成功。

我想说的是，我昨天请迈克尔先生看了绘本的样书，也将文字的英文版一起交给他过目，但我不知道他昨天读过了没有。

迈克尔 *是的，是的。*[①]

铃木 那么我们听听迈克尔先生对这本书的结构以及文章的感想吧。

迈克尔 我非常喜欢这本书。小岛在说话。这个角度具有独创性。我十分认同这种选择。大自然并非与人类对立，而是与我们一样，是有生命的。大自然开口说话是很自然的事。

故事中出现了各种元素。这本书直观地将其捕捉，没有啰里啰唆地说个不停，而是用有限的语言叙述出来，非常有趣。

铃木 您作为原作者有没有觉得违和的地方？

迈克尔 在昨天看到样书之前，我一直有些紧张。我参与这部作品的制作已经很长时间了，为它加上文字是很难的事。对于它会以什么样的面貌出现，我充满期待，同时也很紧张。

铃木 也有一些担心吧。

池泽 我在听到迈克尔先生的感想之前，也非常不安和紧张。知道您对它给予肯定才放下心来。这次我的工作是将电影制成绘本，我先是拿到了大概一百幅打印出来的图画，从中选出适合的图片构成故事。遵循电影情节，故事已经确定下来，接下来要决定选出哪些画面。我不想在说明时增加太多图片，不想做电影的看图说话。如果只是这样的工作，去看电影就足够了。我想精心挑选图片，制作出简洁优雅的绘本。

[①] 本篇中以斜体标示的内容原文为法语。

为什么要让小岛说话呢?没有台词是这部片子最大的特点。那种静谧的感觉让人着迷。给人物加上台词没有任何益处。

铃木 是一种破坏。

池泽 完全是破坏。但是必须得有谁来说话才行。这个谁应该是完全中立的叙述者吗?那也很无趣。于是我就想到,接纳他们,让他们在那里生活,目睹孩子的出生,这个从始至终的旁观者又是谁呢?是那座小岛。这就是我提出为电影《红海龟》加上副标题"小岛物语"的理由。这个问题解决了之后,后面的工作就非常顺利,也非常愉快。电影本身足够精彩,只管按照电影中的故事推进就好了。

铃木 说到《红海龟》这个片名,在请池泽先生写解说文的时候,有次聊天我曾提到这件事,与他探讨用这个名字在日本上映究竟合不合适。在日本提到海龟,大家总是会联想到"浦岛太郎"。是不是需要加点什么呢?当时池泽先生提议说,是否可以加一个副标题,并当场提出"小岛物语"这几个字。我马上豁然开朗,真是喜出望外。接下来谈谈电影的内容吧?

池泽 我不太清楚情节应该介绍到什么程度。有一座无人岛,一个男子漂流到那里,生存了下去。接下来是神奇的邂逅,他遇到了神奇的妻子,两人在岛上继续生活,生下一个男孩,悉心养育他。后来,男孩告别父母,离开了小岛。简单来说就是这样一个故事。那位神奇的妻子是什么来头,这里先按下不表。

至于为什么会有这次合作,大概是因为我写了很多与岛屿有关的故事。我可能是日本首屈一指的岛屿作家。(笑)因此非常契合。我自己也正在写一个漂流的故事。这样的故事让我感到亲切,理解起来毫无障碍。我也非常喜欢南国岛屿,我去过很多地方,对于那里海水的透明度深有体会。各种因素叠加在一起，构成了我喜欢这部作品的理由。

这是一个极为安静的故事。很克制，有分寸，没有任何强加于人的感觉。故事的发展淡淡的，哪怕有令人惊异的事情发生或是出现反转，也不让人感到牵强。人物的表情格外恬淡，毫不夸张。整部片子没有台词，故事在抒情中推进。观众会对片中的两人或三人产生共鸣，想与他们在一起，想永远这样看着他们，感受到一种爱意。背景是小岛的自然景观，虽然大海有时会起风暴，但他们就像被滋养着。所有这些构成了一个温柔、饱满的世界，讲故事的手法非常高明。

迈克尔　池泽先生亲自执笔《红海龟》的解说文，我感到万分荣幸。说来惭愧，我还没看过池泽先生的著作，今后有机会一定拜读。刚才听说池泽先生的小说《夏日清晨的成层圈》是一个男子漂流到一座小岛的故事，我听了介绍特别感兴趣。

池泽　后天我会送一本给您。刚好手边有英译本。可惜不是《夏日清晨的成层圈》。

迈克尔　谢谢。

池泽　我想问一下您最初构思这个故事的灵感或动机是什么？

迈克尔　当然与小时候读过的《鲁滨孙漂流记》有很大关系，但《鲁滨孙漂流记》已经很难与当今时代联结在一起。在《鲁滨孙漂流记》里，人类想控制海岛，想将自己的文化强加于海岛。这种单方面的强制力让我无法产生共鸣。

人与自然的关系非常复杂，但我打从心底认为，人类本来就是自然的一部分。虽然我没有在电影中大张旗鼓地提出来，但如果观众朋友能从这个角度观看这部电影，并坦诚接受人类归根结底是自然的一部分，与自然无法分割开来，我会非常高兴。

我对一个人如何面对自己、如何面对孤独也很感兴趣。如果自己站在漂流者的立场，会有什么样的行为，会想些什么，我经常会思考这些问题。

我很想站在他的角度尝试一下：一个人漂流到孤岛，面对竹林与海平面，看着这样美丽的大自然，会想些什么呢？这种想象让我感到其乐无穷。

池泽 我刚开始考虑写小说的时候，并不想写自己的故事，不想触及那些。因为不知道该怎么入手，我就想找到一个容器，或者说一个框架来装自己的东西。我用的就是《鲁滨孙漂流记》。

过去也有很多作家以《鲁滨孙漂流记》为框架写出各种作品。我就不一一举例了。我想自己也可以这么干。但是在这个容器中应该装入什么样的思想呢？这很重要，我从与时代对抗的角度切入。在当时的日本，大家都为经济奔走，我就让我的主人公到岛上独自生活，这个无人岛的故事呈现出一种满足感，告诉人们说，不用拼命工作不也可以活下去吗，只有一个人的生活也没什么不好的啊。当然，主人公后来也遇到了其他人，交到了朋友，虽然没有找到伴侣，但找到了朋友。两个人之间的对话我特意写得风趣一些。就这样，我完成了自己的第一部小说。刚才听了迈克尔先生的一番话，我感觉我们的经历好像有相似之处。

迈克尔 同意。片中的男主人公身上有我的自我投射。当然并不是说我也像他那样去孤岛上生活，但我确实将自我代入得很深。在女主角身上我也投射了很多自己的感受，甚至对天空、对岛屿本身，都有投影。如果在写作时也用这种方法，将自我代入某个对象身上会如何呢？

池泽 我想多少都有的。我的小说中的主人公虽然是个年轻男子，但他的所思所想实际上都是我想到的东西，在岛上获得的感动也是我去南国岛屿时亲身体会到的。啊，太幸福了，太美了，这里太棒了等等，都是以肯定的态度面对周围。在这一点上主人公与我几乎是重合的。

我年轻的时候，生活在日本总是感觉不快乐，住起来不舒服。大概二十七岁的时候吧，我第一次去海外旅行，去了太平洋上的一座小岛。我在那里真正感受到了轻松、快乐和满足。我发现那里的人们没有多努力工作，但也没什么不好的，像他们那样生活会轻松很多。后来我去了很多小岛。正是因为有这样的经历，我才会在自己的第一部小说中尽量表达出这种感受。

迈克尔 太美好了。

● **用动作表达沉默之美**

池泽 稍微换个话题可以吗？我还想请教一个问题，刚才我说过这部电影整体非常安静、克制，让人感觉很舒适，很惬意。这是不是受到迈克尔先生的个人品位或性格影响的结果呢？那种静谧、毫不强求、顺其自然的感觉。

迈克尔 我在制作这部影片的时候，就是想表达一种沉默的美。但在电影中表达沉默之美，有让观众感到无聊的危险。很多观众会下意识地渴求动作、语言、情节冲突。我也特意去摸索，尽可能让观众不觉得无聊的同时能享受静寂之美。

池泽 按照铃木先生的说法，这部影片极具东方特色，您是否有刻意这样处理？

迈克尔 这个问题有点难回答。我本身对禅文化和日本的生死观比较认同，来到日本会很自然地感觉到舒服和快乐。这些都是我自发的感受，理由我自己也解释不清楚。如果从我从事的行业的角度来说，欣赏日本传统的绘画，我会看到余白、空白、沉默。这些都在绘画上有所体现。我感觉，日本有重视这种文化的土壤，我想这样或许能回答您方才的问题。

池泽 刚才您提到不让观众感到无聊的静谧，我甚觉感慨的是，制作画面时，您用了竹林来表现风。展现风时的巧妙，让人感觉竹林好像就是因此而生长在那里的。还有海潮，海水从浅滩退去，海滩辽阔，海面上时有浪花泛起，这种动感引人入胜，做得格外美。那大概是迈克尔先生作为动画师、动画创作者的实力。

迈克尔 您刚才所用的语言非常动人，在我心里唤起了共鸣。我为了描绘自然景象，曾经深入竹林，露宿野外。我不想单纯地呈现视觉画面，而想将亲身体验的东西反映到画面上。

池泽 您的观察极为细致。对于水的波动，现在一般有一套现成的表现，很公式化，在您的影片中却不是这样，真的有我所知道的热带海水波动的感觉，我想您一定是经过用心观察才能做到这一点。

迈克尔 有极其优秀的团队在协助我，不是我自己的功劳，在我周围有一群优秀的艺术家，给我提出了很多好点子。

水的波动是表现上的难点。就像您刚才所说，水的表现已经极为公式化了，很多电影都在使用同样的表现手法，我却不甘心那样做。但并不是说我自己有明确的表达方法，而是周围的动画师们提出了各种想法和建议，逐步找到能够认同的表现方式。

池泽 还有给我留下深刻印象的是，三只螃蟹出现，唰唰唰地爬行，有一只动作比较慢。一下子出现大量生物时，并非呈现概括性的画面，而是将它们各自的动作分别展现，一只一只地追拍，十分自然地传达出有很多只螃蟹、很多条鱼的信息。这与潜水时看鱼的情景极为类似，逼真得令人赞叹。

迈克尔 我玩浮潜的时候曾两次遇到海龟，那是尤其难得的机会。我在制作这部影片的时候，对温度的处理也分外重视。抚触到的温度、感受到的温度，这样的东西如何在画面上表现出来，我进行过很多研究。

铃木 我一直在听二位的对话，听得入迷，感觉就这样一直进行下去才最好，但是现在接到了LINE用户对迈克尔先生的提问：请问电影中出现的自然风光以及人类，属于西方还是东方？

迈克尔 我觉得是西方人的。我问过日本的团队成员，他们说这种风格或者动作习惯日本人没有，所以他们说应该是西方人，但具体是西方的哪里，希腊人、法国人还是其他什么地方的人，我并未想过。我不想为主人公套上国籍这种东西。我想我能够说的就是，他是个西方人。

池泽 但是海岛既非东也非西，而是在南洋。

迈克尔 是的。定位在热带。

铃木 有没有以某处的岛屿为原型？

迈克尔 严格来讲是没有的，但我曾去过塞舌尔群岛中的一座小岛，只有数百名村民，真的是非常小的一座岛，我一个人去的。

铃木 请等一下。塞舌尔群岛在哪里？

池泽 印度洋。

铃木 印度洋啊。好的。

迈克尔 我一个人去过那里。想用自己的身体感受岛上的温度与空气。那里没有酒店，我在当地人家里借住了几天。电影中有段情节是主人公生了病，然后做了个梦。我在那里有过相同的经历。

铃木 池泽先生去过很多地方吧？

池泽 我也去过塞舌尔。

铃木 猜到了。

池泽 我出门散步时,有一片房屋连带着一座大种植园,要去前面的海湾,必须要从里面穿过去才行。那里有个名字特别奇怪的海湾,叫 Police Bay,"警察湾",非常美。我想去海湾,于是就穿过房子,结果跑出来很多狗冲我叫,凶极了。我觉得它们就是叫一叫,不会扑上来咬人,就小心翼翼地穿过去,心里有点害怕。但是海湾真的非常美。

铃木 您周游世界,一开始是去希腊,在那里住了很长时间吧?

池泽 嗯。大概住了三年。

接着刚才的话,您说曾在海中遇到了海龟是吧?我不是在海中,是在岛上的潟湖中从船上看到过几次。如果说有什么可以炫耀的,那就是我在水中与座头鲸近距离接触、对视,感到无比惊奇。那是在加勒比海,和杰克·马犹一起旅行的时候,他追着鲸鱼和海豚直到深海。我当时在船上等他,突然发现有个黑色的物体在靠近,我急急忙忙戴上面罩,连呼吸管都来不及咬就跳到水中。接着我就看到它越来越近,越来越近,从我眼前游过去。在与它对视的那一瞬间,我体验到了一生中未曾有过的快乐。

迈克尔 *真棒。*

铃木 您还写进书里了吧。照片上的杰克·马犹先生精神抖擞,没想到后来却自杀了。

池泽 他是个非常非常任性的人。我想他喜欢海豚胜过人类。

迈克尔 *啊,是这样的。*

池泽 咦,怎么说着说着好像跑题了。

铃木 跑题才有意思呢。

● **受到刺激，宫崎导演神色大变**

池泽 请迈克尔先生拍动画长片这个想法是铃木先生最先提出来的吧？

铃木 是啊！

池泽 有什么具体的原因吗？

铃木 那我就说说原因。难得跑题到这么开心的话题，却必须言归正传，好好做 LINE 直播。（笑）

在进入二十一世纪前后，我看到了迈克尔先生拍的八分钟作品《父与女》，非常感动，反反复复看了好多遍。在那期间，迈克尔先生曾亲自来到吉卜力，我们的交往越来越深入。我突发奇想，想知道如果他拍动画长片会是什么效果。他从没想过拍摄短片之外的东西，没想到会接到这样的委托。他感到很惊讶，也问了我的意图和想法。见面谈过后他提出条件，要求得到吉卜力的协助，我就介绍了高畑导演给他，这才进入到作品制作的阶段。

所以如果讲到开始，应该是 2006 年的事，是在十年前。我们请他到吉卜力来，进行了一个月的集中讨论，然后开始制作剧本和分镜。迈克尔先生，当时您和高畑导演都谈了些什么？

迈克尔 我跟高畑导演就各个层面的问题进行了探讨，首先是技术处理。关于颜色、表象、象征等等，以及故事中的情感唤起方式，我们对服装也做了讨论。我觉得在动画界中，吉卜力是非常重视和懂得细节处理的工作室，所以在这方面也交换了意见。

吉卜力很尊重导演和创作者。我感觉吉卜力一直是以这种态度工作的，一定会先进行沟通，一起推进，去寻找答案，原本我就非常喜欢这种工作方式，这是我与吉卜力合作顺利的原因之一吧。

铃木 谢谢。那么，下一个问题。（笑）请问，欧洲与日本的动画、西方与日本的动画有什么不同?

迈克尔 从技术方面来说,日本动画师的做法与欧美截然不同。欧美的动画师到日本工作,要以一种全新的形式进行。在日本,一秒中使用的帧数很少。我感觉日本的做法是以加强一个画面的具体表现来取代帧数。

据我观察,日本动画师对自然的细节描绘非常美,这让我印象深刻。比如雨滴掉落下来,落下来的瞬间激起的波纹是什么样的,该如何处理。这样对细节的追求在欧美大概有过分强调的倾向,但日本会重视每一个微小的自然现象。

我想,在对自然的感性认识上,日本和欧美完全不同,季节感也不一样。日本人对季节格外敏感。在欧洲,自然好像是一种物理性的存在。二者的着眼点截然不同。对于我这种从事创作的人来说,向自然靠近的方式是日本独有的,我对此非常有兴趣,我想不只是我,大概世界上所有的动画师、创作者都会认为这是一种很棒的特性。

日本原本就有极为丰富的想象力。看到日本制作的东西,可以在想象的深处打开一个出口。非常了不起。

铃木 来自听众的下一个问题是,宫崎骏导演看了《红海龟》吗?答案是,看了。某位团队成员工作时在显示器上观看影片,过了一会儿突然发现宫崎骏站在自己身后看完了全片。当时还没有谁请他来看。

昨天我们安排宫崎骏导演与迈克尔先生正式会面,我记得宫崎骏说了四点。第一,他说这是一部非常具有挑战性的创意作品。第二,历经十年坚持不懈,最后终于成功拿出作品,他十分敬佩。第三,他感受最深的,是这部电影丝毫没有受到日本动画的影响。这尤其难得,值得赞美。

他说，最近他看过很多西方人制作的动画，遗憾的是，很多作品受到了日本动漫的不良影响，这部电影却完全没有。

第四点他是这样说的："我们做电影的时候总是会考虑到观众，会有一种服务精神，这种东西会不自觉地被加到作品当中，但是迈克尔先生完全没有受到这些干扰。这一点我非常佩服。"

前面转述的就是宫崎骏与迈克尔先生会面时说的话。我再在这里披露一些他刚看完片子之后的事吧。因为谁都没有叫他，是他自己过来看的，然后呢，就见他脸色变了。为什么脸色会变呢？这要说到他正在为吉卜力美术馆制作的动画片，那是一部十二分钟的短片。在日本，非常遗憾的是因为人手不足等原因，像迈克尔先生那样全部手绘的动画越来越难做了。宫崎骏也接受了这种现状，准备借助CG来完成。就这样，他做好了那部十二分钟的短片。

看了迈克尔先生的《红海龟》之后，他做了两件事。第一，他点过头的所有用于短片的镜头全部重新来过。说要重做。怪不得他脸色变了。在我看来这很难得。之前他觉得可以的东西，在看了迈克尔先生的作品后受到刺激，决定全部返修。而且不用CG，全都改为手绘。

第二件事是他非常真诚地跑来问我，《红海龟》制作班底的成员都在哪里。有那么多好手啊！他说："要是有这样的团队，我还能做下去呀。"我向他介绍了情况。这部片子是在法国制作的，但是工作人员不都是法国人，而是从欧洲各地召集到一起的动画师，他们组成团队完成这项工作。对他们的画修改调整，使其具有统一感的，正是迈克尔先生。周一到周五动画师们画图，迈克尔先生用周六周日两天的时间修改。我曾看过制作过程，所以比较了解。我说到这里的时候，宫崎骏说："那种事情我当然明白。"

池泽 确实是需要很多人协作才能完成的工作，但可以看出，从最初到最后都有一个人的意志贯彻始终。原作者的性格表现得非常鲜明。完全没有东拼西凑的感觉。

迈克尔 *谢谢。*

池泽 这让宫崎先生有紧迫感吧？

铃木 是的。简直让他重返青春。（笑）

● **西方与东方的自然观**

铃木 现在由我提问。这部电影一共有八十分钟，给人的印象是由同一个动画师做了一部完整的八十分钟的影片。这一点是如何实现的？是不是线条的原因？

迈克尔 所有动画师和助手加起来也没有很多，大概是三十到四十人。这是从全欧洲召集的动画师制作班底，每个人的个性都很强。虽然说起来很矛盾，我确实努力地去听取每个人的意见，了解他们各自的想法。

正因为听了他们的想法，我才能统合这部作品。还有，我有充足的时间，这也非常重要。（笑）正因为有时间，才有机会听到各种意见……

铃木 时间不是本来就有的哦。并非本来就有，而是挤出来的。我刚才说到的线条，勾勒人物轮廓的线条……比如高畑导演的《隔壁的山田君》由很多动画师作画，但完稿画面的线条都是一个人勾出来的。用的是这样的方法。

迈克尔 有些类似。团队有专门的监查，负责保持风格统一。

铃木 不是迈克尔先生做的？

迈克尔 我什么都没做。

铃木　我曾经最担心的一点是，对于这部作品，迈克尔先生制作时会一人全包，做长片就成了无限期的工作了。我最担心的就是不知要花多少年时间。现在终于完成了，真的是太好了。

迈克尔　*是这样。*

池泽　刚才铃木先生也提到的迈克尔先生的短片《父与女》，真的很精彩。不可思议的事件发生，岁月不断变化更迭，最后以非常梦幻的形式结束。

铃木　是的。重逢。

池泽　片长是八分钟吗？

铃木　是的，八分钟。那是一部经典作品。自行车车轮的大小也发生了变化呢。

迈克尔　*非常感谢。*

池泽　如果能找个机会让大家看到它就好了。

铃木　这个嘛，现在说可能不太合适。吉卜力正在为了拿到版权而努力哦。真的想让更多人看到。我大概看了有一百遍吧。真的。

池泽　《和尚与飞鱼》的故事也非常好。很幽默。

迈克尔　*谢谢。*听说池泽先生去过世界上很多地方旅行，请问您认为在对大自然的感性这方面，日本人与其他国家的人相比有什么不同？或者并无差别？

池泽　感性这个东西，人类的差别不是很大。不过西方认为自然是神创造的，我想很多人都会这么觉得。而在日本或者一些南方国家，人们认为自然是自己诞生的。就算撒手不管，自然也会生长出各种东西，人们接受的是这样一种观念，没有神灵介于中间，而是直接一对一。如果觉得大自然很美，就单纯是觉得很美。

如果以欧洲的方式看，比如贝多芬，似乎相信自然当中存在神的荣光，自然之美是神的力量。

我毕竟是个日本人，无论去哪里都单纯地觉得，美就是美。在很危险的地方会觉得恐怖，就是很直接。

铃木　您在法国也住了五年吧？

池泽　嗯。但法语一句也没学会。

铃木　法国的哪里？

池泽　枫丹白露。还是住在希腊的时候比较快乐。那时候比较年轻，所见所闻都觉得新鲜。

铃木　也在冲绳住了很久。是八年吧？

池泽　住了十年。我是一个*游牧民*，一个*流浪者*。

迈克尔　*没错*。

池泽　迈克尔先生出生在荷兰吗？

迈克尔　出生和成长在荷兰，后来在很多国家生活过。

铃木　您的父亲好像是荷兰人。

迈克尔　母亲是法裔瑞士人。

铃木　您在瑞士居住过吗？

迈克尔　我在瑞士只住过一年。我父母是在瑞士相识的。

铃木　是这样啊。后来您是在西班牙成为动画师的吗？

迈克尔　我是在英国读的动画师学校。上完动画专科学校，我想换一个环境，就去了巴塞罗那。1979年，巴塞罗那有好几家小型动漫工作室，那时我很年轻，也没什么钱，吃了不少苦头。但我非常喜欢巴塞罗那的氛围，在那里学到很多东西。

铃木　我在戛纳时，问过迈克尔会说多少种语言。

迈克尔　法语、荷兰语、一点点德语、西班牙语、英语。我是个视觉派，是个用图像表达的视觉系创作者。用文字表达自我是有难度的。《红海龟》虽然是我花费很长时间制作出来的影片,但如果让我用语言表达还是很难。我认为自己就是一名视觉创作者。

铃木　今年有个人曾对我说过这样一番话。他是个外国人,但他非常羡慕日本人,因为在他看来,日本人只会日语就可以活下去,但欧洲人必须学会很多种语言,否则难以生存。我听到他的话感到很震惊。因为自己从没想过还有这样的问题。在我看来,像迈克尔先生这样能说很多种语言的人非常令人羡慕,没想到从对方的角度来看恰恰相反。

池泽　是啊。有一种说法是,世界上最不用学外语的是美国人。走到哪里英语都通用。

铃木　再加上他们也不出国。

池泽　是的。

铃木　我有一位交往了二十五年的意大利朋友。他生在威尼斯,也在威尼斯长大,但他的祖父一辈子只会说德语。为什么呢?那里过去是奥匈帝国。奥匈帝国灭亡,又成立了威尼斯共和国,说的是威尼斯语。意大利统一之后,因为只有佛罗伦萨有文字,于是佛罗伦萨的语言成了意大利语。他的父亲会说德语、威尼斯语、意大利语。而他在那里长大,在威尼斯读大学,学习的却是日语。日语老师呢,居然是一位法国人。这样一来还必须学会法语才成。他的经历给我留下了很深的印象,也让我十分感慨,历史的变迁真的会使各种事情发生。

这位朋友在学生时代来到日本,非常认真地开始学习纯正的日语,在一个姑娘的悉心教导下,他能说一口流利的日语,几乎接近母语水平。后来他与那位姑娘谈起了恋爱,才知道对方不是日本人,而是来自中国台湾。他后来还学会了中文。现在他住在曼谷,正在学习泰语。你们看，这个世界真的太奇妙了。

好的，又接到了听众朋友的两个问题。请问，迈克尔先生喜欢哪些吉卜力作品？

迈克尔 在吉卜力作品中只选择一部非常困难，就像问喜欢兄弟姐妹中的哪个一样。如果非要举出来，在宫崎骏作品中我最喜欢的是，当小孩子在大自然中发现了什么或表现跃跃欲试的好奇心的时候，宫崎先生用他独有的那种"啊！"的表现手法去表达惊奇。再有就是高畑导演，《隔壁的山田君》将俳句放进动漫，我想那是只有日本人才能做到的事，有余白、静寂，还有出众的感性。能将这些东西放到电影里，是高畑先生的过人之处。

铃木 将电影理论化的爱森斯坦提出蒙太奇理论，其根源正是松尾芭蕉。"古池塘，青蛙跳入，水声响。"将这首俳句影像化，就是蒙太奇。

池泽 原来如此。

铃木 下一个问题。《红海龟》拿到戛纳电影节"一种关注"单元评审团特别奖，一定会有各种反响，请问您的感想如何？戛纳对这部电影的反响如何？

迈克尔 戛纳的"一种关注"奖项，选择的都是些重视创作者原创性的影片，能够提名已是我莫大的荣幸了。上映时我根本没法集中精力看自己的作品，我对观众的反应非常敏感，那边的先生咳嗽了一下，这边的女士动了一下，这些细微的东西都会影响我，让我完全没办法正常观影。当然也有观众因为想看另一部片子而离开。但在整部片子放映结束之后，现场观众全体起立致敬，掌声响了很长时间，真是令人激动的体验。

铃木 节目快要结束了。今天我们聊了很多。

前些天我去了一趟印度尼西亚，从雅加达去了巴厘岛。听说印度尼西亚是由一万七千座海岛组成的，我就想去看看。临行前我在岩波影院看了一部印度尼西亚的电影，叫作《镜子不说谎》。这部电影拍出了大自然的美。我在印尼约见了该片的导演，是一位女士。与她的会面令人愉快。今天我们的谈话当中有一段跑题聊到了各种小岛，我真的很想听下去，在跑题的路上一直走下去就是我今天的感想。池泽先生，您对今天的直播有什么感受吗？

池泽 能借此机会大声表达我对这部电影的喜爱，我非常满足。

铃木 谢谢。最后请问导演先生，这样的节目您觉得如何？

迈克尔 今天很荣幸能与池泽先生坐在一起。读了池泽先生的作品，看到那样纯粹干净的语言，我深受感动，非常感谢。

LINE LIVE，2016年8月30日录制，东京惠比寿红砖房
平冈惠实翻译，丹羽圭子整理
2016年10月初载于《热风》

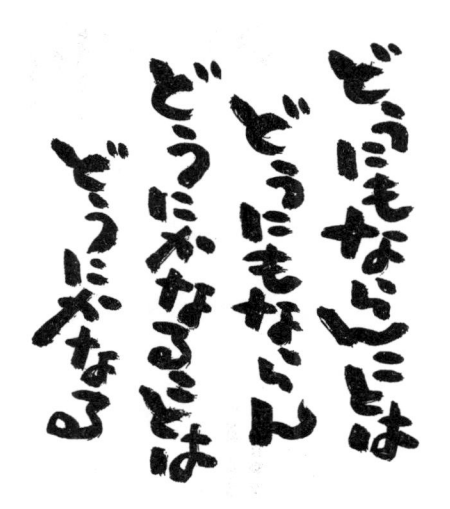

どうにもならんことは
どうにもならん
どうにわなることは
どうにかなる

此时此地　Ⅳ

每日随想

没办法就是没办法,
有办法定要想办法。

花甲之贺

每天早上出门前,我都会跟八十五岁的老母亲说五分钟话。这已经成为每日习惯,大概坚持了五年。今年夏末的一天早上,我像往常一样到母亲的房间聊天,母亲突然递给我一沓东西。我下意识地接过来,吃了一惊。那是很厚的一沓钱。没等我反应过来,就听到母亲说:

"这是祝贺你迎来花甲之年的礼物哟!"

真是出人意料。不能迟疑,我本能地想道。这个人到死都会把我当孩子的。我藏起慌乱,假装镇静地挤出响亮的声音:

"谢谢妈妈!"

今年夏天,我六十岁了。我收到了很多人的祝福,却从来没想过母亲会在其中。

母亲到底是何意呢?我在去上班的路上一直在想。

父亲去世已有三年,母亲一直由我照看。跟这个有关系?母亲跟我住同一座公寓,在一个单独的房间里独自生活。吃饭、洗衣服、洗澡、外出,全凭她的意愿。自从来到东京,她连感冒都没得过,身体健康,自己也注重保养。母亲最擅长的是跟素不相识的人搭话。休息日我会陪她一起出门闲逛。每次乘上巴士,她很快就会跟旁边的人聊起来。她的爱好是每月观看一次歌舞伎演出。每到那天,她从早上起来就会很兴奋。母亲经常笑嘻嘻地说:"真想快点死掉哦!"反反复复,都成了她的口头禅。我比较毒舌,总会这样回敬她:"当个'好人'就会死得比较快哦!"每到这时,母亲的脸上就溢满笑容,开心得不得了。

她给了我两百万日元。尽管有父亲的遗产,这对她来说也绝不是个小数目。可以说是倾尽所有。我突然想,她对这个金额大概考虑了很多吧。

这是她能拿出的最大金额。她一定想了很多天,自己去银行取了现金。这个人的血液在我的体内流淌着。每当我想到这里,身体便不由得震颤起来。

这次送给大家的茶杯,就是用这笔钱定制的。

2008 年 9 月吉日

致甲子派对出席者的感谢信

梦幻交叉点

最近，我经常跟宫崎骏聊到这样的话题。

信号灯变化时不及时启动的车子比以前多了，不打转向灯的车子多了，到了快转弯的时候才急急忙忙打开转向灯的车子也多了。我们俩都是开车上班，对这种变化非常敏感。宫崎骏叹着气说："大家都在车里干什么呢？"

在我的通勤路上，山手街道和甲州街道的交会处是个很大的交叉路口。从那里左转，就是通往吉卜力工作室的道路。如今在这个路口花费的时间比以前多很多。以前无论怎么堵车，左转车辆只要等两个信号灯就可以通过。不知从什么时候开始，需要多花一倍的时间，等上四五轮变灯才能转过去。

不是因为车辆数目增加。我留心观察了一下，马上就明白了。信号灯变绿，车子也动不起来。斑马线上的行人络绎不绝。旁边还有很多自行车穿行。车子启动要等行人停下，自行车过去。那时信号灯已经转为黄灯了。

日本什么时候成了一个反应如此迟钝的民族呢？

三十年前我去上海访问。当时上海还没有什么高层建筑。有一天我脱离集体，一个人在街上散步，经过一个很大的交叉路口时，我被困住了。虽然路口设有信号灯，但无论是行人还是车辆都视若无睹。人们极快地在已经冲进路口的车辆间辟出通道，游刃有余地穿过马路。

  我不知道该怎么办，非常困窘。眼睁睁地看着信号灯变过去又变回来，几轮之后，我站到一位老妇人身后，心想如果跟在她后面，应该可以过去。结果我失算了。这位老妇人过马路的时候也和年轻人一样，分开车流、辟出通道，非常勇猛地穿过了路口。我只能没完没了地傻站下去。

  我必须坦白，其实我自己有时也会在转弯时才急急忙忙打开转向灯。一开始我还对不打转向灯的车子表示气愤，不知不觉间自己也被传染，做出同样的行为，现实就是这么可怕。

  人类的大脑支配身体的动作。现实中我自身也做出同样的行为。我要说出来引以为戒：必须重新认识到，人类本来不过是动物。

《潮》，2009 年 7 月号

金田君的画

小学六年级暑假前夕，因为父亲工作的关系，我们举家搬迁。从新学期开始，我将转入名古屋城旁边的金城小学。在那之前，我虽然学习成绩不怎么样，画画却一直是全班最好的。可是转学后一看，新学校里居然有人比我画得还要好。那个人就是金田君。

金田君学习成绩不怎么样，打架却所向披靡。毕业时他对我说："我将来是要进黑社会混帮派的，不再画画了。这个给你吧。"他递给我的就是这幅画。画风颇有凡·高的感觉，即使现在看，也依然觉得非常出色。从没有学过画画的他，技巧是天生的。

左上角有"Y·K"字样的签名，但是金田君的名字我不记得了。我也不明白他送给我这幅画的理由。我想他也一定注意到自己比我画得好。我小学时代的东西几乎没留下什么，不知为何，只有这幅画一直放在木盒子里，保存至今。

还有一个那时的回忆：我本来不怎么样的成绩开始突飞猛进。五分满分，之前我得的都是三分、两分、一分，经常被拿来与全五分的妹妹比较，然后听到无奈的叹息："要是反过来就好了。"忧心忡忡的母亲为我请了不少家庭教师，却不见成效。

搬家后隔壁住着一位大学生姐姐，暑假时母亲请她关照我的功课，不知为何我的成绩突然开始上升。到了第二学期期末，包括体育和音乐在内，我得到了全五分。

大学生姐姐非常严格，问题解答不出来就不放我回家。另外，暑假过后马上就要作为一名转校生去上学的紧张感也刺激了我。我很努力地学习。上了大学以后，我曾与这位姐姐重逢，她说："当时的阿敏真可怕。学习认真，注意力非常集中。"听到这位我曾经觉得严厉的姐姐这样说，倒是教我很意外。

小学毕业以后我再也没有见过送我画的金田君。我进了私立中学，再次成为班上画画最好的学生。很长时间之后，我又遇到了比我画得好的人。那就是宫崎骏导演，宫先生。迄今为止，在我的人生里，一共出现过两个比我画得好的人——金田君和宫先生。

《心灵百宝箱》，《日本经济新闻》晚刊，2011 年 9 月 12 日

墨笔写的字

　　与人交谈的时候，我习惯在手边的纸上随意涂画。宫先生也有同样的习惯，但是他画得太好，我当然不肯在他面前画，又总是想涂写点什么，于是就开始写字。

　　我几乎每天都要和宫先生交谈，所以我的写字史也有三十年了。我没有正式习过字，但一直坚持写，慢慢地字也写得很好。

　　吉卜力工作室的电影片头题字基本上是我写的。正在上映的《来自红花坂》的片名以及宣传文案"昂首向前走"也有我的参与。

　　这个传统始于2001年上映的《千与千寻》，宫先生对专门请人写的片头题字不满意，我便提出："那由我来写好了。"结果到了《哈尔的移动城堡》，宫先生理所当然地对我说："写个片头来啊。"我就当着他的面，花了一分钟写出来给他。片尾的"剧终"也出自我手。

　　我没有考虑太多，就是自然地写出来。即使是同样的字，也会因为日子不同变得不一样，想想很有意思。比起书法，更接近设计。

　　近十年来，我专门用墨笔，尤其是笔尖较粗的墨笔写字。经常有人问我它与毛笔的区别在哪里，对我来说无论用毛笔还是墨笔，在书写上没什么不同。因为使用方便，我才离不开墨笔。

前些天，我为了要出版的书与人开会商讨。我跟往常一样，边谈边在纸上涂涂画画，编辑突然对我说："铃木先生，请您写一下这个可以吗？"《吉卜力的哲学》封面就这样诞生了，书名和图案都是用墨笔完成的。说些题外话，字写起来也有难易之分。吉卜力这几个字如果规规矩矩地写，就干巴巴的毫无生趣，反而比较难写。我一直苦恼该怎么写才好。

回忆起来，家父使用毛笔，利用墨汁的浓淡来勾画松树，手法潇洒。我身为其子都觉得他水平不一般。虽然无法达到那样的境界，但我也悄悄想过，等自己老了，也要用毛笔画画。

《心灵百宝箱》，《日本经济新闻》晚刊，2011 年 9 月 13 日

《鸟兽戏画》的茶杯

我的初高中是在名古屋的东海学园读的,那是一所净土宗系的教育机构。提到净土宗自然离不开法然,说到法然自然会与京都的知恩院联系起来。所以,学校每次远足旅行必定会去京都。大学时代我也经常去京都,吉卜力工作室的员工旅行最初去的地方也是京都和奈良。我喜欢京都这座城市,不止一次前往游玩。

我已经逛遍了所有著名的寺院,但位于右京区的高山寺我却百逛不厌,每到京都必会造访。从市中心乘上巴士,摇摇晃晃不到一个小时,就可以到达这座位于半山腰的古刹。慢悠悠地散步到寺院内最深处的金堂,环顾四周,不知何时已经陶醉。每次我都会在那里逗留两个小时左右。

高山寺因国宝绘卷《鸟兽戏画》闻名。《鸟兽戏画》是将兔子、青蛙、猴子等动物拟人化,以动感十足的笔致描绘出来的宝物。著名的理论派电影评论家今村太平经过查考,认为日本的《鸟兽戏画》是迪士尼的米老鼠的起源,正可谓现代动漫的先驱。

四年前,东京六本木的美术馆举办《鸟兽戏画》展,我得以第一次目睹真品。虽然放大后的印刷品更容易看清,但用自己的眼睛观看真品才是最佳的体验。我为其精妙的笔触深深折服。

吉卜力工作室的高畑勋导演非常喜欢《鸟兽戏画》，身为动画电影导演，他三句话不离本行，说想通过动画的形式使其活动起来。不是只让它们动起来就好，他说他考虑过是否可以利用画中形象，将平家物语以动漫的形式表现出来。遗憾的是这个想法一直没能实现。

我在个人事务所使用的茶杯上描绘着《鸟兽戏画》中的著名画面。这是德间书店已故社长德间康快先生的遗物。因某些原因，他从前在公司里的常用物品现在归我所有，其中就包括这组五件一套的茶杯。一想到为人豪爽、毁誉参半的德间康快先生居然喜欢高山寺……心里有种说不出的感慨。

《心灵百宝箱》，《日本经济新闻》晚刊，2011 年 9 月 14 日

雪踏

大学毕业后，我进入德间书店工作。那里没人西装革履，也没人打扮时髦。披件夹克衫，到公司换上拖鞋都是司空见惯的事。当时，德间康快社长在公司里穿的是一双雪踏。穿雪踏很舒服，脚底像踩在榻榻米上一样。我二十多岁起也穿起了雪踏。

德间康快先生对我来说很重要。是他拍板将《风之谷》搬上大银幕，决定成立吉卜力工作室，并出任第一任社长。他把一线工作放手交给部下，自己只在关键时刻出现。《龙猫》与《萤火虫之墓》双片联映，发行迟迟定不下来，一筹莫展之时，社长亲自出马到发行公司去谈营销，终于尘埃落定。

在他过世前三年的时间里，我每天早上都第一个去见他，一周与他共进两次晚餐。早晨我离开惠比寿的住处，先到位于新桥的德间书店上班，再到位于东小金井的吉卜力工作室。有晚餐计划的日子就回新桥与德间社长吃晚饭，饭后再折返小金井，处理余下的工作，最后再回到惠比寿的家中。那段日子里，我过着忙忙碌碌的生活。

德间社长教给我很多东西。他说："金钱就是废纸。只是因为大家都相信那是钱，所以才会在世上流通。"只有身负重债之人才会有负担。"人啊，最重要的是外表，而不是内在。"这句话我终生难忘。

社长去世后，在服装间里见到整排的西服套装，我跟夫人商量要不要当作遗物分掉。"不可以哦，铃木先生。"夫人回答。

仔细一看我才发觉，那些衣服都有些奇怪。从双肩到胸前衬着形状规整的衬垫，系上扣子就显得非常魁梧有型。德间社长原本身材健硕，但因癌症的折磨而消瘦。他亲自实践着"重在外表"的名言。我想，他对于"人究竟是什么"这种问题也一定非常感兴趣。

我的这双雪踏是拍摄《哈尔的移动城堡》时，倍赏千惠子女士送给我的。我很喜欢，一直精心护理。我想，今后我还会继续穿雪踏。

《心灵百宝箱》，《日本经济新闻》晚刊，2011年9月15日

海莉·米尔斯的回信

我父母喜欢看电影。从我记事起，我们每周都会去电影院。父亲喜欢国产片，母亲喜欢外国片，所以那时我不分类别地浸泡在所有类型的电影当中。

我初中时看过迪士尼出品的《天生一对》，这部电影改编自埃里希·凯斯特纳的儿童文学作品《两个小洛特》。我迷上了在片中饰演女儿的英国小演员海莉·米尔斯，一边查字典一边用刚学会的英文写了一封影迷信寄给了她。当然没有收到回复。尽管如此，所有海莉·米尔斯出演的影片，如《赤子情深》《微风轻哨》等，只要在日本上映，我就一部不落地去看。

大约十五年前，我到美国访问与吉卜力工作室有合作关系的迪士尼公司，在那里接受了采访，当被问到"你最喜欢迪士尼的哪一部动画作品"时，我回答说："我最喜欢的迪士尼作品并不是动画片，而是真人剧情片《天生一对》。"当时的翻译和我都不知道这部影片的英文原名是什么。

关键时刻，我即兴唱起了电影的主题曲："Let's get together, yeah, yeah, yeah!"在场的迪士尼工作人员眼睛一亮，都跟着唱了起来，最后变成了大合唱。

我对迪士尼摄影部门负责人丹尼斯·麦格威尔说："我那时非常喜欢海莉·米尔斯，还给她写过影迷信。"日后，我居然收到了丹尼斯寄来的包裹，打开一看，是一张《天生一对》的DVD，上面有亲笔签名，写着"饱含爱意，致铃木先生。——海莉·米尔斯"。盒子里还有一张海莉·米尔斯寄来的明信片。时隔三十年，我的影迷信终于收到了回复，简直令我欣喜若狂。

因为这部片子，我对外国电影有了认识，也因此读完了凯斯特纳的所有作品，对儿童文学产生了兴趣。这与我现在从事的工作直接相关。真是一部为我的人生带来转机的作品。

《心灵百宝箱》，《日本经济新闻》晚刊，2011年9月16日

追悼山崎文雄先生

2001年3月，我第一次见到山崎文雄先生。

"自从十四岁时看了电影《虎豹小霸王》，我就放弃了学习。"

他拿出一个记事本，一边读上面的记录一边倾尽全力介绍自己的经历。当时的场景给我留下了深刻的印象。

我朝他的记事本看去，只见上面密密麻麻，写的全是与我谈话的"脚本"，有点漫画的感觉，字却一丝不苟。

当时，山崎先生在罗森工作，过来谈罗森和吉卜力的商业合作计划。

在那之前，我对便利店一直抱有偏见。吉卜力的很多员工每天都在便利店买便当吃。午饭晚饭都是如此。我烦得不得了。

我诚实地对山崎先生坦白："我讨厌便利店。"他响亮地回答："我知道。"但是在与热情洋溢的山崎先生的交谈中，我的心态发生了很大变化。

"好，跟这个人合作看看！"

我当时的想法是，矛盾以后再解决好了。

那时，距《千与千寻》公映只剩下几个月。

我从山崎先生那里学到了很多关于便利店的知识。最令我惊讶的是，对年轻人来说，便利店已经成了信息发布的阵地。店里贴着海报，摆着免费的杂志。为了学习这些便利店的知识，我开始踏入店内，并切实地感受到了这一点。于年轻人而言，报纸、电视、杂志已不再是信息源。在便利店，可以发现年轻人的新生态。

那年夏天，《千与千寻》十分火热，吸引了两千三百四十万观众，创造了日本电影票房新纪录。

借《千与千寻》热映之机，吉卜力美术馆也计划在十月开馆，吉卜力投入到紧张的筹备工作当中。也有令人头疼的事，比如该如何安排来访者入场。

万事开头难。问题恰恰出在开馆的时候。如果人气爆棚，一口气涌来八千名客人该如何应对？

员工们以馆长为中心不停探讨，有人说应该控制在三千人以下，各种意见层出不穷。

我的脑海中闪现出山崎先生的身影。我突然觉得他可以帮我们，便不假思索地提出建议："采用预约制来限制人数怎么样？"

当时宫崎骏也在场。宫先生表示，铃木的直觉是对的。我当即给山崎先生打电话，问罗森可不可以负责门票的销售。

"好的。我马上安排。"

山崎先生二话没说，马上答应下来。事后我才知道，那是件多么麻烦的事情。从开馆日倒推到我向山崎先生提出请求的那天，只有三个月时间。我听专家说，要做这样一套系统起码需要一年。结果三个月就做成了。山崎先生付出了多少，我不得而知，但可以想见他付出了超乎寻常的努力。

开馆那天我询问山崎先生，他什么都没说。那是他的尊严。

转年到了 2002 年，罗森举办《千与千寻》DVD 优惠推广活动，取得了极大成功，这项工作也是山崎先生主持的。

《千与千寻》刷新了日本电影的票房纪录，DVD 的销售数量也史无前例，我想，最大的功劳应该属于山崎先生。

山崎先生是工作狂。他曾就工作这样说过："我做了三十年的上班族，日子乏善可陈。一年三百六十五天，一天二十四个小时，没有一天休息。自从手机出现之后，无论何时何地都能够取得联系，我的工作也变得更加辛苦。将手机挂在裤子的皮带上，有的时候肚子叫也误以为是手机在响。但是，美好的经历不是没有，精彩的事情偶尔也会遇到，于我而言，只要有电影，这些辛苦就都可以烟消云散。电影是我的精神支柱，我希望有更多的人能够欣赏到它们。"

山崎先生的这番话，我会稳稳当当地接下。

今后吉卜力还要继续制作电影。山崎先生，请您在那个世界等着我吧，总有一天我也会去的。

非常感谢在为吉卜力美术馆工作的三年中，您所有的付出。

最后，请让我为您献上一首最近才学会的歌：

"莫道年轻会永久，风乍起时叹无常。"

《热风》，2011 年 11 月号

若以貌相

　　藤卷直哉是个"有趣"的人。

　　所有跟他有来往的人一致这样认为。他让别人笑，也被别人笑。那是藤卷的特征，但是能让宫崎骏、久石让以及秋元康都觉得有趣的，绝非等闲之辈。

　　然而，藤卷六十年来为此付出的恒心和努力，却未曾有人提及。他本人也绝口不谈。我想那是他的矜持，大概也因为那会让他看起来不够酷。

　　他为什么会选择这样的生存方式呢？

　　工作上总是得过且过，歌唱得奇烂无比，弹吉他的水平比我这个业余选手还要差劲。但是得过且过对他来说才是最重要的事。

　　如果被人看到了自己为达成心中目标而努力的样子，还不如去死，人生最重要的就是潇洒不羁！他抱着这样的信念活了六十年。

　　为了嬉笑玩闹而拼命的毁灭型快乐主义，虽然表面上看不出来，但是仔细一想，会发现其中那种豁出去的痛快。究其根底也透露出这样一种信息，那就是藤卷对社会抱有深刻的虚无感，对人类抱有怀疑。

井上厦写过一部小说叫《手锁心中》。那是一个悲伤的故事。里面有个人为了写小说试图和女人殉情，结果自己却真的死掉了。在我的心里，书中的主人公与藤卷有时会重合在一起。

　　前些天我听他说，每天临睡前，他会听一段古今亭志朝的落语再就寝。

　　生在东京长在东京、号称要工作到八十岁的藤卷，今后也请作为一个"江户人"长长久久地活下去！

2012 年 8 月 20 日

　　藤卷直哉甲子派对上分发的印刷品《六十岁开始的 HELLO WORK》

我的广播体验

在我们那个年代,收音机是一个人独自收听的。

学校是和同学好友玩耍、学习世间事物的地方。回到家,则是家庭团聚的时光,边吃晚饭边跟家人讲一天当中发生的事,然后一家四口一起看电视。所有这些活动结束之后,就回到自己的房间,开始一段只属于自己的时间。这时的伙伴是在收音机里说话的叔叔和姐姐。

Fresh in Toshiba,Young Young Young——晚上十点三十分。记忆中,我在名古屋的生活就是这样。

前田武彦和高杉祐三子两个人互相聊些有的没的,放些音乐。

周一至周五,每晚二十分钟的这档节目曾让我非常沉迷。

我感觉自己对这两位主持人,比对朋友甚至家人还要亲近。

说不出是为什么。也许只能解释为青春期的心理。我能想起曾经发生的事,却怎么也想不起曾经的心境。

节目由东芝公司独家赞助。

每天晚上,两位主持人都会宣传东芝推出的新款收音机。

为了买那款名为"Young Seven"的收音机,我非常努力地攒钱。

藤尾Jerry演唱的商业曲目《Young Seven》也流行起来,我还买了一张如今已成怀旧物品的黑胶唱片。

说起来可能关联不大，当时我还央求父亲给我买了人生中的第一台磁带录音机，也是东芝生产的。我是团块世代普通中学生中的一员。

我还有"Young Young Young"第七百七十七次播出纪念专辑的超薄光碟。怎么来的？一定是寄出了有奖明信片抽中的。应该是吧。

我想听一听阔别五十年的这张专辑。现在真是方便，音源在网上就可以找到。令人怀念的声音响起。

我吃了一惊。里面都是在宣传新推出的小型收音机"Young Six"。当时的我一定没有在意。

现在想来，这档节目是后来兴盛一时的深夜广播节目的先驱。我在高中和大学时代也一直用我的 Young Seven 继续收听深夜广播。如果没有深夜广播，我就不会遇到只活跃了一年的传说中的乐队 The Folk Crusaders。我非常喜欢他们演唱的歌曲《临津江》。

像很多人指出的那样，那个时代是收音机最好的时代。

那是经济高速增长的时代。大人们勤勤恳恳地工作。我们则是日本战后首批经历升学大战的一代人。

听说有人将六十年代的经济高度增长取名为"生活革命"。明治时期以来鲜有变化的日本人的生活，在短短的十年多里发生了巨变。

从人口学的角度看，在经济高速增长期之前，日本到五十年代为止还是农业社会。农业人口占总人口的百分之三十以上，农业家庭超过总数的一半。经济高速增长后，农业人口降低到百分之十，相应增加的是第二产业，如钢铁、造船、汽车、水泥等重工化工的从业者。从日常生活的变化来看，六十年代迎来了家庭电气化时代，冰箱、洗衣机、电视这样的"三大神器"开始普及。

战败的日本为了赶超西方国家不得不拼命。这种情势势必会波及每一个个体，身为中学生的我们也不例外。

在那个时代的光影中，"只属于自己的时间"对于我们来说必不可少。

我经常听森繁久弥的广播节目。那个节目叫《朋友，明天再哭》。

对我们来说，收音机曾经是非常非常重要的朋友——

写到这里，我叹了口气，心里有些感伤。没办法，与五十年前的自己重逢，回忆当然有过分美化之嫌。

大概五年半之前，有人建议我不妨做个广播节目。我有点犹豫。那时我马上就要六十岁了。

我最终接受这个建议，动机也没那么单纯。以前每次拍摄新片，我都要到全国各地进行宣传推广，多的时候会去到二十八个城市。《魔法公主》时也一样，非常疲惫。

于是我就想到，可以用广播节目代替去各地出差。

虽然也有美好的回忆在脑中闪过，但还是暂且放下，面对现实。

我对热心建议的人提出了条件：可不可以在全国范围内播放？对方的表情黯淡下来，说现在这个时代，广播节目已经没有全国联网了。如果想全国联网，就需要赞助商。如果赞助商够多，或许可以实现。

没办法，必须自己行动。我找到之前曾进行过商业合作的公司，提出请求。

就这样，阵容整齐，节目开播。

热心提出建议的是原就职于迪士尼的永见，电通公司的高草木，以及担任节目编辑的服部准。

节目的名称怎么取？这是我们最初遇到的难题。

第一次录音时，那是最大的问题。我提出了"大汗淋漓"一词，很干脆地被采用了。

《大汗淋漓》为什么又变成书了呢？

这要说到与"复刊.com"的森游机的因缘。关于我与他相识的经过，我想起两件事。

首先，我们是通过高桥望的介绍相识的。高桥过去曾在吉卜力，现在则在日本电视台工作。其次则与森游机曾是《真·女立食师列传》的制片人有关。该片由我的死党押井守制作。我担任了这部影片的解说。

大概在前年，森游机调任"复刊.com"时特意过来打招呼，这成为我们进一步交往的关键。

他的特点是公私不分。想把有趣的事情都做成工作。他就是这样一个人，胡乱编造了一个借口，就把这件事做成了。我觉得他做得很对。我自己也是这样的人。这本书的组稿由他负责。根据播客内容起草原稿，指出我发言中的错误和疏忽，认真诚恳地整理出来的也是他。在此我深表谢意。

2013 年 春

《后记：我的广播体验》，《吉卜力大汗淋漓1》，复刊.com，2013 年

宫崎骏的"自白"

制作人的工作是什么？在阐述这个问题之前，我先讲讲宫崎骏。

和我交往了三十五年的这位导演不是普通人，所以我的制作人工作也很特殊。

为了让大家了解宫先生其人，在此举一个事例。

大概是距今约三十年前的事了。宫先生将与 C. W. 尼克尔对谈，非常罕见地跑来向我借录影带。听到片名我吃了一惊。《青山翠谷》，约翰·福特的名作。

为什么会吃惊呢？宫先生经常与人谈论这部作品，如今为什么要再看一遍呢？我甚觉不解。他的谈论对象有时是公司同事，有时是名人。很多时候我都在场，对他的请求更是疑惑。

宫先生有些难以启齿的样子，小声地开始"自白"："其实，我没看过这部电影……"宫先生的眼神飘向了别处。

我向他追问真相，原来宫先生只是看过《青山翠谷》的一张剧照。他仅凭一张剧照便展开想象，擅自决定了影片的内容。

跟人聊过几次后，他也开始觉得自己似乎看过这部片子。在此之前都平安无事，但是这次不行。因为 C. W. 尼克尔先生在威尔士出生成长，那是《青山翠谷》的舞台。

还有一件三十五年前的往事。是我最初想与宫先生合作时的事。

我向宫先生的前辈、与他在《未来少年柯南》《卡里奥斯特罗城》等作品中合作过的大塚康生请教，想听听他的建议。

"请问，与宫先生在工作上交往，有什么需要注意的事情吗？"

大塚淡淡地回答我："你当他是成年人就会很生气，当他是个孩子就不会生气了。"

宫先生在做的、做过的事都很孩子气。预先认识到这点，抱有一定的心理准备投入工作，就会得到优秀的作品。大塚想说的大概是这个意思。

我接受了他的建议，三十五年来，我一直信奉并恪守这个原则，与宫先生合作至今。

最近还发生了这样一件事，是从我的助理白木伸子那里听来的。她对宫先生说："铃木先生真是可怜。因为有宫崎先生与高畑先生这两个不着调的哥哥。"

结果，宫先生这样回她说："白木小姐，铃木可不是我们的弟弟，他是我们的爸爸才对哦！"

《眼艺圈》，《中日新闻》，2013年4月18日

《新世纪福音战士》的导演为主角配音

吉卜力没有世间所谓的黄金周假期。七月份影片就要上映,这段时间刚好是最后的冲刺时期。

绘图已基本完成,接下来是配音。现在正是后期录音进行时。众所周知,主角是庵野秀明。知道的人自然知道,他就是《新世纪福音战士》的导演。

为什么会这样呢?还要从《风之谷》说起。

宫先生正为巨神兵那段交给谁来画而烦恼时,一位青年出现了。他带来的原画不仅得到好评,本人的长相也引起了宫先生的注意。一言以蔽之,就是中东的恐怖分子形象。宫先生当即邀请他:"要不要试一试巨神兵的原画?"

现在想来,我要对宫先生的勇气脱帽致敬,而毫不犹豫接下任务的年轻的庵野也令人感佩。回忆此事时庵野这样说道:"为什么将工作委派给没有任何经验的我,至今仍是个谜。"

庵野没有辜负宫先生的期待。巨神兵成为日后人们谈论的话题。两人的师徒关系持续了三十年,直到今日的《风起》。

主角由谁来配音呢?宫先生提出的条件是"昭和青年",并且敲定了三个要点。

第一，语速要快。现在的年轻演员说话都太慢了。第二，不要有令人难以忍受的停顿。用宫先生的话来说，就是不需要顾及配戏的对手。第三，口齿伶俐。说话不要拖沓。总结起来，他想要的就是"凛然的声音及表演"。

宫先生提出条件，我就要负责执行。

只能先从身边找起。我从口碑好的日本电影开始找。宫先生说得没错，这样的演员是不存在的。或者说，根本就没有这样的作品。

宫崎骏究竟是从哪里学到的这些要求呢？别说最近的电影，他连电视剧都不看。光叹气也没用，在团队成员的协助下，我收集到了各种声音，选角试音工作也在不间断地进行，依旧未果。

有一天开会的时候，眼看宫先生的焦躁已经到达了顶点，我未加思索地脱口而出：

"非专业演员似乎会更有感觉……比如庵野……"

"庵野？庵野啊……有点意思。但也不能真的让庵野去……哎？让庵野来配会是什么效果呢？庵野！"

庵野被敲定为影片的主角配音，是一瞬间的事。试音结束之后，宫先生这样说："不需要什么出色的表演。只要有存在感就可以了。"

之后，庵野的配音工作顺利地推进。黄金周还剩下一半的时候，宫先生与我闲聊，只听他这样说道："有庵野在，真的太好了。"

《眼艺圈》，《中日新闻》，2013年5月16日

何谓成熟？

配音工作今日结束。接下来只要等待成片。我指的是今夏上映的《风起》。我要为《吉卜力大汗淋漓》的第二卷写一篇后记。我想试着写写最近在想的事。这对我来说是很重要的笔记。

何谓成熟？最近我经常思考这个问题，也许是上了年纪的缘故。年轻时我也曾希望自己快点老去。人上了年纪，变得成熟老练，凡事都会轻松起来，达到一种淡泊的境界，豁达乐观、明心见性等等，听起来全是好事。人若是无所不知，就可以凭经验和智慧快乐地活下去。当年我之所以会这样想，无疑是因为那时青春过剩。应该是这样。

说到成熟，我想起从前的黑泽明导演。对他的早期作品，从《用心棒》开始，我一直都紧追着上映档期去看。大概是刚开始工作的时候，我看了《影武者》。当时社会上对这部影片的评价不高，我却觉得很有看头。

准备，出击！在那场戏里，黑泽导演居然没有描述战斗现场，只是在接下来的镜头中呈现战场上的残骸。为什么黑泽导演不刻画战争场面呢? 众人聚焦在这一点上。人们期待的是黑泽导演能量巨大、令人热血沸腾的战斗画面，一如他年轻时的代表作《七武士》。

对于这些争论，我从旁观察，有自己的想法。答案非常简单。擅长拍摄战斗画面的黑泽导演，为了达到成熟练达的境界而故意不去描写战斗。那是极致的选择。

在黑泽导演接下来的作品《乱》中，又出现了兵戎相见的画面。采用摄影机俯拍的手法来表现战斗场景，武满彻的音乐倾诉着生于此世的空虚。黑泽导演盼望走向成熟练达，而他的不幸在于，战斗画面是他最擅长的东西。

黑泽明的晚年作品中，令我印象深刻的是《梦》里的笠智众。每个人都希望他能够演出一个典型的成熟稳重的老人。出现在《梦》中的笠智众却颠覆了他之前的老人形象，带给观众一个顽固、丑陋、不懂事理的真实的老人。

我想不止我一人从这部电影中看到了黑泽明导演的心境变化。我认为他悟出了一个道理，老了都会变得成熟沉稳不过是一种幻想和妄想，所以他才创造出这样一个人物。老人拍摄老人就会这样。他想将这个事实留在胶片中。

如果从这个角度来欣赏黑泽明的遗作《袅袅夕阳情》，更能体会其中深意。由松村达雄饰演的主人公内田百闲豁达、专注而敬业。若问黑泽镜头里的人物老了以后会变成什么样子，导演在最后的最后，终于给出了答案，成功地塑造出一位成熟练达的老者形象。

我有幸在黑泽明导演生前与他见过一次。他真是个令人景仰的人，简直就像是他电影中的主人公一样。我想，为此他也一直不断地在磨炼自己。

我想谈谈宫崎骏。七十二岁。这个年龄如果带着成熟老练的想法制作电影也不让人意外。《风起》如何呢？今天我看了全片。这是一部充满了清新感的影片，像是出自青年导演之手。

我想起《魔法公主》。世人都说这部作品是"宫崎骏的集大成之作"，我却不这样认为。我觉得它就像一个新人导演的作品。宫崎骏挑战了一个异常庞大的主题，不能将其具体化而产生的焦躁化为深不见底的气魄，渗入影片当中。这部电影大受欢迎的理由就在这里。那时宫崎骏已接近花甲之年。

这次的作品中，宫先生做得最吃力的是影片的最后一幕。今年年初，分镜脚本的结尾就已经做好，团队成员们马上就要投入作画阶段，不能叫停。只是分镜图的结尾与电影有着微妙的差别，画面和动作完全相同，台词却斟酌了很久。时间到了五月，在后期录音的过程中才最后确定台词。

在影片的最后一幕，菜穗子出现。她对着二郎说了两次"活下去"。卡普罗尼也多了一句新的台词："你必须要活下去。"

最后的分镜图中，菜穗子的台词却不是这样的。不是"活下去"，而是重复了两次"过来吧"。分镜脚本中的"过来吧，过来吧"，在电影中变成了"活下去"。看上去只是两个字和三个字的区别，意思却截然不同。在最初的分镜脚本里面，二郎、卡普罗尼和菜穗子都死掉了。二郎和卡普罗尼留在炼狱中。菜穗子将二郎带到了彼岸。

画出这种分镜图的宫崎骏，其想法一目了然。他渴望成熟超脱，仅此而已。在为新加的台词进行后期录制的时候，到了结尾，给二郎配音的庵野秀明越过麦克风对宫先生说："这个，比以前所有的结尾都精彩。"

宫先生欠身致意道："多谢。"

庵野比任何人都了解台词变更的深意，也比任何人都高兴。

2013 年初夏

《后记：何谓成熟？》，《吉卜力大汗淋漓 2》，复刊.com，2013 年

与由实的缘分

我越来越觉得,缘分真是奇妙又有趣。

在制作《魔女宅急便》时,松任谷由实就与我们有过合作,到现在已经有二十三年了。去年十二月发售蓝光碟前,有关方面为宣传推广,策划了一场由实与我的对谈节目。听到这个消息,我从心底感到吃惊。

由实是一位戴着面纱才更加光辉闪耀的女子,居然让她出现在这种场合,究竟是为什么?虽然有些失礼,但我的第一反应确实是这样。然而策划方告诉我,他们非常幸运地获得了由实的首肯。由实那边也表示,今年是由实从艺四十周年纪念,双喜临门,她愿意积极参与推广活动。

既然这样,我当然不能退却。那之后我每天脑子里都萦绕着由实的事。该说些什么才好呢?说些什么才能弥补此前的失礼呢?

突然,我想起二十四年前的事。那时我们曾经商讨将她的歌全部听一遍,从中选择最合适的曲目作为主题曲。那时出道十多年的她,歌唱方式完全没变。

"……持续磨炼出青涩之美。"

我意识到这是一件很了不起的事。坐拥天赋的才华，她懂得这才是在回应粉丝的期待。平庸之辈只会一味提高歌唱技巧，陷入自我满足之中。

对，把这个想法准确地传递给她。那是我的诚意，也包含着感谢之情。对了，一定要听听她的专辑。

我在车上听她的专辑，从出道作一直到最新作。听到最后一首《飞机云》时，我突然觉得头皮一阵发麻。这首歌的歌词和乐曲，与正在制作的《风起》的结尾画面重合在一起。

我反反复复听了好几遍。第二天早上，我让宫先生听这首歌，没有做任何说明。

"这是主题曲啊！丝毫不差。"

宫先生说道，脸上浮现出笑容。我和宫先生此前一直认为这部电影不需要主题曲。

对谈两天后在青山举行。我一直在寻找机会直接向由实本人提出我们的意愿，却一直没机会。节目正式开始了。结束以后人走了怎么办？我胡思乱想着，不知不觉间就将私下的征询变成了公开的邀请。

"我真的非常高兴。也许这是今年最让我开心的一件事了。那是我第一张专辑中的歌。感觉就是为了这一天，我走过了四十年的光阴……"

开心的是我们才对。如果没有策划这次对谈，如果不是正赶上她的四十周年纪念……我不由得颤抖起来。

然后，我也得以把自己之前的想法准确地传达给了她。

《眼艺圈》，《中日新闻》，2013 年 6 月 13 日

朋友约翰·拉塞特来访

美国人怎么看《风起》?

电影描写的是二十世纪三十年代的日本。虽然没有直接表明,但主人公堀越二郎制作的零式战斗机之后曾与美国的战斗机作战。吉卜力的大部分人都觉得这部电影在美国上映难度较大。

正在讨论这件事的时候,皮克斯公司的约翰·拉塞特为观看《风起》专门到访吉卜力。他是著名的《玩具总动员》和《赛车总动员》的导演,在与皮克斯合并后的迪士尼担任重要职务。这次,他带着与《风起》同期首映的电影《怪兽大学》来到日本。

事情要从《龙猫》时讲起。

当时拉塞特来到日本,参加广岛的国际动画节。制作《龙猫》期间,他只身一人乘坐中央线来到东京,出现在吉卜力工作室,还带着他的动画短片《顽皮跳跳灯》。那是1987年。

拉塞特在洛杉矶的制片厂曾与宫先生在同一间办公室共事过。他突然来访,没带翻译,没人会说英文。我们用身体比画加上画图进行交流,很是吃力。

1995年,拉塞特因《玩具总动员》在全球声名鹊起。《玩具总动员》在日本上映时，我们再次见到了他。大家都为他取得了巨大的成功而发自内心地表示祝福。

虽然远隔太平洋，我们的友情却一直持续。

拉塞特到了吉卜力，首先去试映厅观看《风起》，然后回到会议室。

我们一进房间，拉塞特就像以往一样热情地拥抱我们。这是他表达重逢喜悦的方式。我们已经习惯，同样热情地回应他。大家各自就位，开始交谈。

斯皮尔伯格的制片人，著名的弗兰克·马歇尔也在场。率先提出要直接负责《风起》美国发行工作的就是弗兰克。

"非常感谢，让我们得以欣赏到一部这么精彩的电影。我们打算在美国将其作为爱情片发行。"

午饭过后是商务谈判。拉塞特发现宫先生已经离开了，便轻声说道："技术可以改变时代。二郎深知这一点。这部片子同时也默默地道出了反战立场。"

取得了巨大成功的拉塞特一定是太忙了。他看上去总是非常疲惫。但是在聊起这部电影时，我发现他展现出许久未见的精神头。

身为他的朋友，没有什么比这更令我感到高兴的了。

《眼艺圈》，《中日新闻》，2013年7月11日

电影的企划

企划是怎样诞生的？我经常会接到这样的提问。当然不是从办公桌上横空出世，不同的作品有不同的企划。《风起》这部电影就情况特殊。

事情要从 2008 年讲起。《崖上的波妞》刚制作完成，离上映还有些时间。我和宫崎骏的好友、日本电视台的奥田诚治某天突然遭遇降职。这一年他刚刚就任新部长，拿出了电影部史上最高的销售纪录和利润。他在业绩之外出了什么问题吗？公司内外一下子像炸了锅一样。

下决定的是当时的会长、如今已经故去的氏家齐一郎先生，理由只字未提。我问过在场的人，大家都很惧怕氏家先生，没有一个人敢提出意见。

奥田的情绪非常低落。我不了解内情，不知道如何安慰他。

那天，奥田来到吉卜力，我带他去了宫崎骏的画室，说明了发生的事。这种时候宫崎骏总是很有耐心，他默默地听着，没有发表任何意见。这就是他的风格。

他开口说的第一句话令人难忘。

"奥田，想不想做一部零式战斗机的电影？企划由我来想。"

奥田对战争相关的书籍和电影非常了解，经常和宫先生聊这方面的话题。宫先生总是会嘲笑奥田的意见"无聊"，但是看得出他很开心，奥田也是。当然，他们聊天从不带我。

宫先生在模型杂志《Model Graphix》上连载《风起》，是几个月之后的事。

电影《风起》上映一周后，大家聚在一起吃饭。在场的有我、吉卜力的出版部长由佳里、Niconico 动画的川上量生，还有奥田，一共四个人。我确信奥田不记得了，就谈起了这个话题。果然，奥田的表情变了。

"啊！是那次！"

奥田好像记忆被唤醒了一般。他痴迷零式战斗机的漫画，每期必读，却似乎从没意识到这件事。

漫画中的人物除了菜穗子之外全都是猪，在电影里却变成了人。但内容几乎完全相同。

话说回来，《千与千寻》是以奥田一家为原型的电影。吉卜力得到了奥田很多关照。

在那之后五年过去，氏家先生过世。奥田重回部长之位，充满干劲地投入工作中。

《眼艺圈》，《中日新闻》，2013 年 8 月 8 日

从"终生执导"画风一变

电影导演有"引退"一说吗?

一朝掌镜,终生执导。这句话一直是宫先生的口头禅。但他亲自说出了"引退"二字,并要向社会公布。他必须这么做。

一切都写在他的脸上。宫崎骏果然是个热血男儿。那是在电影制作完成之后不久,大概是七月初。

我想起《风起》杀青之后,6月19日吉卜力举行了内部试映会,在会上起身致意的宫先生流下了眼泪。

"我第一次为自己制作的电影掉泪。对不起。"

在座的团队成员们受到感染,都忍不住哭了。庵野秀明面不改色,冷静处之,由实跑去了洗手间,泷本美织的眼睛已经湿润了。

作为特别嘉宾参加试映会的堀越二郎先生之子堀越雅郎和其夫人也热泪盈眶:"先父如果看到自己的作品以这样的形式被呈现出来,一定会很高兴。"

我不由得心中一热。

对于流泪的原因,在6月24日召开的记者会上,宫先生只是不断表示"很不好意思",没有更多解释。实际上在那时,他就已经做好了引退的准备。

什么时候公布消息？急性子的宫先生想早日公布，一副等不及的样子，我却劝他等到九月份。我判断电影刚刚上映马上就提出引退会比较麻烦。

8月5日，宫先生罕见地出席了公司的会议，在会上公开发表了引退宣言。此前他一直住在信州的山间小屋里，我在电话中告诉他不用特意赶到东京来，但他不同意。他认为这样的事情一定要亲自说出来。他的表达方式也非常具有个人特色，只有一句："已经没有可能了！"

"接下来，铃木会向大家说明，我退出了。"

宫崎骏究竟是什么样的人？只看电视画面是完全看不出来的。不妨想一想《风起》当中，主人公二郎的前辈黑川技师。那就是宫先生的自画像。

身长腿短的典型的日本人。贝多芬式冷峻的脸。宫先生刻画这种具有漫画感的人物形象堪称天下一绝，不过这次比较特殊，虽然动作举止、说话方式、面部表情都带有夸张成分，但这就是宫先生本人。

请想象一下，这位黑川提出引退会是什么样的画面。宫先生直到最后都嚷嚷着想亲自为黑川配音。

这部电影里有一段配音最让宫先生开心，就是二郎和菜穗子的结婚典礼之前，黑川表态时被夫人打断的那个镜头。

"老公呀，这样不是很好吗？"

录音结束后，宫先生向大竹忍深深低头致意。

《眼艺圈》，《中日新闻》，2013年9月5日

吉卜力题材的电影《梦与狂想的王国》

电影《梦与狂想的王国》将于11月公映，导演是砂田麻美，就是那位追踪拍摄身患癌症的父亲直到其去世，并做出电影《临终笔记》而引人瞩目的年轻导演。她找到我，说想拍一部以吉卜力为题材的影片。

不是纪录片，而是电影。究竟有什么不一样呢？听了她的说明我也没太明白，但是觉得早晚会明白的，就答应了她。

一年的时间过去了。如今，这部电影很快就要制作完成。影片的制作人是多玩国的川上量生。

现在我要说说那张海报。那张图片是怎么诞生的呢？

电影院里也张贴了那张海报，我相信很多人都看过。画面上高畑勋、宫崎骏和我三个人并排而坐，背景是一栋大建筑。稍微留意马上就看得出来，这栋建筑是画出来的，门牌上写着：和庄。

怎么看都像三个身在养老院的老人。再仔细看会发现，这栋建筑是吉卜力的原工作室。在此我透露一下，这幅海报画其实是宫崎骏的一个小把戏。

制作《风起》时，法国摄影师尼古拉·格林曾来到吉卜力。拍摄世界上的电影导演和制作人是他的毕生事业，能够出现在他的镜头中足以证明导演和制作人水平一流。

宫先生说这是个好机会，提议三个人一起拍。我们三个从来没有正儿八经地拍过合影。宫先生在这种时候大大方方地提出建议，一点儿都不觉得难为情。

我和高畑乖乖听从宫先生指挥。拍摄地点在吉卜力正门前。提出三个人一起坐在那里的也是宫先生。谁坐中间呢？我主张按年龄排，年纪最大的高畑坐中间，但是不知怎么搞的，最后坐在中间的是我。摄影顺利地完成了。

过了一段时间，照片从法国寄来了。大概有五张吧。宫先生选了自己最中意的一张。他当然不跟我和高畑商量。转眼他就画了个草图，交给美术担当吉田，让他做个背景。背景完成了。和庄那几个字是宫先生亲自写上去的。

宫先生又用剪刀剪下需要的部分，比对着背景上的恰当位置，进行了简单的合成，贴在了制作人办公室的墙壁上。

每个来办公室的人都会饶有兴趣地看看这张照片。将这一切瞧在眼里的宫先生总是特别得意。忙里偷闲，宫先生的"闲"也是精工细作。

川上量生来商谈海报的事时，我马上就提出建议："只有这个哦。"川上心领神会，立即同意了。

《眼艺圈》，《中日新闻》，2013年10月3日

高畑勋导演的《辉耀姬物语》

对于日本最古老的物语经由高畑勋之手在现代复活，感到最惊讶的人是我。虽然提出拍摄请求的是我，但我没想到《辉耀姬物语》竟然可以成为一个现代故事。

最早提出辉耀姬企划的是高畑。回忆起来，理当拒绝的我，不过回答了一句："那高畑导演来做吧。"

高畑做了什么呢？故事的基本主线尊重原著。那么究竟有什么地方不一样呢？

原著中只写了发生的故事，对辉耀姬在不同情况下的心情却没有任何交代。

最首要的，在无数的星球中，辉耀姬为什么要选择地球？阅读原著可以看出，辉耀姬在地球居住了三年半。这期间她想了什么，是以什么样的心情度过每一天的呢？对这些原著中不曾提及的东西，高畑提出了一连串问题，我当然什么都答不上来。

高畑反复思索着这些问题，三年的时间过去，剧本也写好了。我读过后十分震惊：这是一部出色的女性电影，生动有力地刻画了一位女性的半生。

度过了备受宠爱的幸福童年,在都城作为高贵的公主接受教育后,她发生了非常大的变化。辉耀姬如何才能找回自我?

我想起与小津安二郎齐名的沟口健二。沟口是女性题材电影的高手,是为努力生存的女性热烈声援的导演。

高畑公认的代表作《阿尔卑斯山的少女》《红发少女安妮》《萤火虫之墓》《儿时的点点滴滴》等,都以充满魅力的女性为主人公。毫不讳言地说,主题只有一个,那就是女性的自立。

这次我将现场工作交给了制片人西村义明,听他说了敲定主角朝仓亚纪的前后经过。高畑听过很多活跃的女演员们的试音后,非常不满意。

"为什么大家的演出都那么被动呢?"

"没有更强势一些的女性吗?"

只有在试音的最后阶段出现的她,才符合高畑的要求。从这个细节可以看出这部电影包含着现代课题。

影片尚未公映,我要把握好分寸,不能再说更多。再多说一句,影片的表现力十分惊人,与主题非常吻合。

负责影片配乐的久石让在最终混音时现身。首次在大银幕上看到全片,他的感想让我印象深刻:"这是一部会名留青史的作品。"

如何将这样的电影送到观众面前呢?这是我的工作,坦白讲,我非常紧张。

《眼艺圈》,《中日新闻》,2013 年 10 月 31 日

好好锻炼身体吧!

与高畑认识并交往了三十五年,令人惊讶的不仅是他的才华,还有他罕见的充沛体力。

这周开始录制《辉耀姬物语》的音乐,作曲及指挥是久石让,演奏由东京交响乐团负责。两天录制五十首曲子。地点是川崎交响音乐厅,包场两天。

终于走到了这一步。录完后就在成城的东宝录音棚检测音效。虽然前路无法预料,但已看见曙光。

高畑废寝忘食地埋头于电影制作中,几周来都没有休息。回到吉卜力,还有持续多日的画面审定工作在等着他。提出返工最多的是谁呢?就是高畑本人。这段时期深夜加班的频次也在增加。听说此前他曾工作到早上七点半,再打个点滴以备投入翌日的工作,急起来还会对年轻助手大吼大叫。

告诉我这些事的是三十五岁的吉卜力年轻制片人西村义明,他隐藏不住惊讶。我很担心高畑这么拼下去会累死自己,西村也同意。他答应我会尽力减少之后的工作安排,不知现在情况是否有所改善。

这次我将现场调控全部交给西村,自己在后方给予支援。跟他们一起工作，我的身体将难以承受。西村执行得非常好。这十年他有了惊人的成长，令人刮目相看。他在这部作品中获得了成长。

我提出请高畑导演制作《辉耀姬物语》是 2005 年的事。西村参与制作是第二年。满打满算花了八年时间，西村与高畑朝夕相处。在这期间，西村结婚成家，有了两个孩子，大的那个今年已经上小学了。

我开始出现在工作现场，是在定下由久石让负责配乐之后。久石提出我必须参加会议并亲自到现场监督，于是后期的录音工作我全程参与，也见证了高畑工作时的英姿。

电影制作完成前夕，10 月 29 日是高畑七十八岁的生日。他在七十八岁时的干劲与年轻时不相上下。不，甚至比年轻时还要追求细节。他已经超越了七十八岁的身体极限。那是我未曾体验过的领域，所以我无法想象。高畑的身体究竟是由什么打造的呢？

宫崎骏引退的消息是我告诉高畑的，他的第一句话就是："完全可以接着做下去，太可惜了。"在我的记忆当中，很久以前高畑还说过这样的话："宫先生的做法应该改一改，这样就可以作为导演长久干下去。"

我想高畑一定不记得自己说过这句话。

宫先生在召开引退记者会之前，直接劝高畑一起收山。

"一起去开记者会怎么样？"

高畑只是笑笑，没有接他的话茬。但是宫先生是认真的。他在引退的时候，真的想拉着高畑做伴。宫先生的真实想法我不太了解。但是在五十年的光阴、半个世纪的时间里，我觉得正是因为有高畑导演的存在，宫先生才能够充满干劲地做到现在，连病都没生过。宫先生突然冒出来的一句话也让我印象深刻："阿朴能做到九十五岁哦！"

我突然想起，曾给予吉卜力很大支持的德间康快先生是在七十八岁时故去的。

说起高畑，肯定会谈到他的头发。他有一头乌黑的头发。高畑并没有染过发，为什么会那么黑呢？认识高畑导演的人首先会谈到头发。我自己在制作《儿时的点点滴滴》时，头发渐渐变白。宫先生看到了还揶揄我："输给阿朴了哦，铃木！"

认识高畑的人私下里偷偷说，他怕不是靠吃人活着。我和他打了这么多年交道，时而会对这句话有切身感受。吸食年轻的新鲜血液，让自己变得年轻。说句玩笑话，高畑简直就是德古拉伯爵。

无论如何，电影马上就要制作完成。会有什么样的反响和评价呢？内容和发行我完全无法预测。聪明的人世上千千万，但才智和体能兼备的电影导演，除了高畑还有谁呢？

吉卜力以宫崎和高畑导演为中心做到现在已经三十年了。如果有什么建议可以送给年轻人，那就是"好好锻炼身体吧"！

2013 年秋

《后记：好好锻炼身体吧！》，《吉卜力大汗淋漓3》，复刊.com，2013 年

宫崎骏看了《辉耀姬物语》

对高畑勋时隔十四年推出的新作《辉耀姬物语》，宫崎骏怎么看呢？不仅我，了解吉卜力的人都对此非常好奇。

高畑勋和宫崎骏两个人是前辈后辈，是知心朋友，也是竞争对手，至今已有五十年。

在宫先生看这部片子前，我擅自预测：如果赞美，就证明他是真心实意引退。如果挑刺，就表明他将撤回引退决定，重新出山。

导演就是这种人。如果对他人的作品赞赏有加，就意味着自己已经结束。

实际怎样呢？10月30日，星期三，在位于东京五反田的IMAGICA制作中心首次试映，总共循环放映四次。第二轮放映时，宫先生出现了。

大厅里沸沸扬扬，挤满了刚看完第一轮试映的制作人员。现场弥漫着一种异样的兴奋，很多人都哭了。大家脸上满是欢喜和感动。所有人都为这部作品感到骄傲和自豪。

我曾数次亲临电影完成的现场，却感觉这次非常特别。那种热情超乎寻常。

没有一个人愿意离开。就这样，观看第二个场次的人加入进来。大厅几乎陷入混乱。

这时宫先生分开人潮，出现在现场，进入了试映厅。第二轮观众是余下的团队成员以及制作委员会的成员。

试映结束后大厅再次热闹起来。第三批观看试映的人又加入进来，眼前的画面像是录像带在重播。

我找到了宫先生，走到他身边。他旁边是日本电视台的奥田诚治。奥田是制作委员会里资历最老的成员。

只见奥田的眼睛通红。宫先生的表情则十分困惑。他大声喊着："奥田，你怎么了？哭得眼睛都红了。看这部片子会哭的人也……太、太业余了啊！"

宫先生用了"业余"这个词，究竟是什么意思呢？我不懂其中真意。是赞美还是批判？

我问奥田，宫先生究竟说了什么，他老实告诉我，周围太吵了，他根本没听到。奥田依然处在极度兴奋的状态之中。

距9月6日的引退发布会已经过去了大概三个月。宫崎骏开始为某个模型杂志画连载漫画。他给我看了部分原稿，比之前的所有作品都具有动人的气魄。宫先生喜滋滋地说道：
"这个漫画，我决定不要稿费。这是单纯的爱好呀！"

宫先生的表现非常古怪。在那之后，他对《辉耀姬物语》只字不提，我自然也不去触及这个话题。

宫崎骏究竟在想些什么呢？

《眼艺圈》，《中日新闻》，2013 年 11 月 28 日

我的观影方式

看电影时我会留意这三点。

第一是看片名想象影片内容,看过之后再进行比较,决定优劣。

第二是决不放过任何一个好镜头。我会看这个镜头是不是以前曾经看到过的。如果看到以前从未见过的镜头剪辑,我会非常开心。

第三就是看完电影后,准确地回顾其内容,比如故事情节、画面顺序等等。

以上就是我的观影方式。

我想,如果大家也能为自己制定一种观影方式,看电影会变得更加快乐。

看到这么多观后感,我由衷地对大家表示感谢。

2013 年 11 月吉日

吉卜力工作室　铃木敏夫

KDDI 策划《风起》观后感合集,特撰文致谢

吉卜力三人会谈

我们三个人搞了一次会谈。高畑勋、宫崎骏,还有我。不用说,这当然是第一次。事情的经过是这样的。

首先要追溯至三个月前,《辉耀姬物语》的宣传期刚刚开始。对宫先生的采访邀约纷至沓来,大家都想请他谈一谈高畑勋。如果宫先生能够接受采访,在宣传上有一人抵百人之功,是非常有力的推广。但接受所有采访是不可能的。我考虑了一下,觉得最好的办法是由一个采访者提出代表性的问题,将过程录制下来,以回应各方要求。我找到宫先生商量,他默默地思考了一会儿,提出一个条件:采访者必须是铃木。

此时的宫先生一定要小心提防。只见他脸上堆满了笑容,看起来开心得很,完全是一副想搞恶作剧的坏孩子模样。但是没办法。不能犹豫。我当即干脆地答应下来。

负责具体事务的是吉卜力出版部的田居因。三天后,她一脸烦恼地来找我。宫先生提出要阿朴也加入进来,三个人一起做访谈。据说他还颇有远见地表示,三个人一起聊是第一次,恐怕也是最后一次。

她感到为难的理由也很容易想象。宫先生只认可这个方案,而高畑忙于《辉耀姬物语》的后期制作,很难有空闲配合。

但田居因没有轻易退缩。做事爽快、勇于迎接挑战正是她的优点。简直就是编辑之光。她抱着粉身碎骨的决心,抓住了忙碌的高畑导演直接谈判。最后,高畑被搞得压抑不住心烦,发了一大通脾气:"三个人对话,很自然就要聊到过去的事情。我不喜欢这样。有什么必要将这些东西公开出来呢!"

情况一度有些危急,但最后还是取得了进展。在电影《辉耀姬物语》制作完成的 10 月 30 日,我们敲定了大纲。会谈时间定在 12 月 14 日晚上,地点是东京国分寺附近的一家饭店。高畑希望将会谈安排在影片上映的几周后。这期间,宫先生一直与田居反复演练。

无论什么场合都踩着点矜持亮相的宫先生,当天来得比编辑还早。万事俱备,只欠高畑。但高畑没有出现,过了约定时间也没有他的身影。后来他终于姗姗来迟,能言善辩、意达理通、完美地完成了身为长兄的使命。宫先生连酒都没怎么喝,说是因为感冒身体欠佳,但看上去他很想快点回家。我虽然是当事人,却感觉自己像个见证者。

这次会谈,私以为堪比岩流岛决战。至于谁是武藏谁是小次郎暂且不论。如果对本次三人对谈的内容感兴趣,可翻阅 2014 年 2 月号的《文艺春秋》。①

《眼艺圈》,《中日新闻》,2013 年 12 月 26 日

---

① 该对谈的中文版收录于南海出版公司 2022 年出版的《吉卜力的天才们》。

拜访弗雷德里克·贝克先生

去年年末,我们去了趟加拿大的蒙特利尔,为了请弗雷德里克·贝克先生观看《辉耀姬物语》。贝克先生是高畑勋导演尊敬并深受其影响的一位动画创作者。

到了机场之后我吃了一惊。零下二十度的气温真不简单,果然好冷。我本打算按平时的穿着——套上作务衣和外褂、脚蹬雪踏出行,但同行伙伴们极力反对,我就裹了件普通的防寒服,还带了双登山靴。冷,确实冷。冷到骨头里。光脚穿雪踏确实不行。我在心中默默感谢大家。

第二天早上,我们一路直奔贝克先生的家。贝克先生八十九岁,日前听说他病得很重,我们觉得观看一百三十七分钟的全片对他来说比较困难,于是决定请他看用于宣传的六分钟多一点儿的短片。一开始播放,贝克先生马上有了反应。

"太美了……素描的轻盈感,余白之处的空间美。"

七十八岁的高畑像个学生,不,像个孩子一样害起羞来。

看完后贝克先生又说了一句话。

"如果可以,我还想再多看一些……"

贝克先生的女儿苏塞尔女士的脸上掠过一丝紧张,但已经不能阻止他了。我播放正片,带着同行的团队成员一起上了楼,给高畑留出与贝克先生独处的时间。

二楼是贝克先生的画室。里面摆放着世界各地许多动画创作者的赠画。其中居然还有我在彩纸上用毛笔画的一幅猫咪图。在东京都现代美术馆举办贝克展的时候,我曾收到礼物,这幅画是我给贝克先生的回礼。在猫咪的上方,我用毛笔写了一句话——Back, To The Future。

我将贝克先生的姓氏与"Back"一词关联,开了个小小的玩笑,也不知道传达给他没有。

说起贝克先生,他获奥斯卡最佳动画短片奖的作品《种树的牧羊人》非常著名。那是一个名叫布费的牧羊人只身一人坚持在荒地上种树的故事。我曾在这部作品制作日语版的时候无偿提供帮助。该片请三国连太郎担任解说,我也参与了录制工作。

从楼下传来的声音判断,电影马上就要结束了。我们一起下了楼。贝克先生发表了感想。

"这是一件特别的礼物。无论是对于我,还是对于这个世界。"

一个星期后,12月24日,星期二,我们接到消息,贝克先生与世长辞。

《眼艺圈》,《中日新闻》,2014年1月30日

《风起》能否问鼎奥斯卡

《风起》能获得奥斯卡金像奖吗？

自上次获奖已过去十多年。能否再现《千与千寻》时的辉煌？工作室为此忙碌地筹备着。

首先，有没有获奖的可能性？据海外事业部的武田美树子推测，可能性是一半一半。上次，在分布于各州、相当于奥斯卡预选的全美影评人协会的评选中，《千与千寻》获得了全票。这次的状况有所不同。宫崎骏的美国友人约翰·拉塞特担任制作人的《冰雪奇缘》与《风起》平分秋色。

目前，在安妮奖这个在美国与奥斯卡齐名的动画奖项上，《冰雪奇缘》获得了最佳作品奖，《风起》则拿到最佳编剧奖。

但总有出人意料的情况发生。比如被全美影评人协会完全无视的电影《勇敢传说》爆冷门，出乎意料地斩获奥斯卡最佳动画长片奖。

日本迪士尼表示可以在吉卜力举办《冰雪奇缘》的试映会，我看了全片，感觉十分震撼。真是一部了不起的作品。透过主人公不必借助男性的力量这一点，可以审视当今的时代。

话说回来，宫崎骏会出席颁奖典礼吗？

宫先生决定引退后不再出现在公众视野，如今为了奥斯卡着实烦恼了一阵。那些在美国为《风起》努力争取的朋友们也向他发来了热情的邀请。

斯皮尔伯格的制片人凯瑟琳·肯尼迪、弗兰克·马歇尔夫妇在《风起》全美上映时给予我们极大的帮助。约翰·拉塞特为了借此机会在他的私人宅邸接待宫先生，连欢迎会的日程表都发了过来。

这次，宫先生烦恼的理由只有一个。为了吉卜力美术馆的新企划展，他从早忙到晚，甚至连画漫画的爱好都暂且放下了。展览内容不便公开，但那是与电影制作同等重要的工作。

自己深爱的小朋友们观赏、体验过之后，是不是发自内心地感到开心？这对于他来说至关重要，必须认真对待。在这种时候，宫先生是否有空到美国去社交呢？

出国旅行还有一个令宫先生备感踌躇的现实问题：时差。出一趟国回来，宫先生会有一个月的时间静不下心工作。而展览筹备必须要在五月份完成，截止日期日益趋近，时间所剩无几！

经过协商，宫先生决定留在日本，由我前往美国向各位朋友致歉。

"我希望铃木去。我想看到你在颁奖典礼上，穿着平日里常穿的那件作务衣上台领奖。"

《眼艺圈》，《中日新闻》，2014年2月27日

GM 就职辞

各位朋友：

在此我要向大家通报一项决定。

我，铃木敏夫，长年担任吉卜力的制作人，现在我将这个位子交给西村义明，自己则以后方支援的形式继续工作。

我想各位有很多人认识西村，在《辉耀姬物语》中，他担任了吉卜力的制作人。

西村自二十六岁起便与高畑勋导演打交道，电影制作完成时，他已经三十五岁了。

和我的情况一样，如果今后他能得到大家的支持与鞭策，将不胜感激。

在最新作品中，我将以"General Manager"的头衔出现，这个职务的缩写是"GM"。

我想，这在电影界恐怕是个陌生的职位。大家联想一下职业棒球中落合博满先生的职位，会比较容易理解。

我已经选好原著，定好主要制作班底，委任西村为制作人，定下了预算及制作进度。制作现场全权交给西村负责。

大体上来说，我与落合先生所从事的工作无二。在此过程中我也深深地体会到，原来也可以有这种参与工作的方式。

说句题外话，本赛季中日龙状态极佳，不负众望，说这是多亏了落合先生身为 GM 的能力也不为过。

总而言之，虽然宫崎骏引退，但吉卜力是不灭的。

我坚信，夏天即将上映的《回忆中的玛妮》，会成为一部带来新气象的作品。

请大家多多关照。

2014 年 3 月吉日
吉卜力工作室　铃木敏夫

《文春吉卜力文库·吉卜力的教科书 6：儿时的点点滴滴》
2014 年 3 月致相关人士的信

四代皆爱蝴蝶兰

写一写与花相关的事吧。我喜欢蝴蝶兰。为什么呢？因为我母亲喜欢，就只有这一个理由。

我外孙名叫"兰堂"。那时我第一次意识到，原来女儿也喜欢兰花。她希望自己的孩子能够像兰花一样堂堂正正地活着。带着这样的厚望，她给孩子取名兰堂。

我获得"艺术选奖文部科学大臣奖"时，平日里关照我的各方人士陆续送来兰花以表祝贺。房间里摆满了兰花。"真是美丽啊。"母亲赞叹不已，女儿则忙着给兰花丛中的小兰堂拍照。兰堂也开心得不得了。看起来，我们一家四代都喜爱兰花。

我的母亲今年春天九十一岁，女儿三十八岁，外孙两岁，而我今年六十五岁。我们居住在同一栋公寓的同一屋檐下，四世同堂。

此次荣获艺术选奖文部科学大臣奖，我收到了各方祝贺，不胜荣幸。一介电影制作人能够获得如此殊荣，似乎并无先例。在电影界，此前这一奖项都是颁给导演或一线工作人员的。

最初接到电话通知的时候，我一心以为又是颁给宫先生的奖，听得有一搭没一搭。毕竟宫先生已经退休了。当我知道是自己得奖时，第一反应居然是：这下可麻烦了。

过去也曾有过我"急流勇退"的报道，我不堪其扰。"多年来辛苦你了"之类的邮件雪片一样飞来，甚至国外也来了很多问询。大家是不是都盼着我退休呢？带着这样的想法去看，感觉这个奖也是一种全新形式的"退休劝告"，总之心情复杂。

或许有人觉得事到如今说这些没什么意义，但制作人做的基本都是幕后工作，对创作本身几无贡献。一些认为我过于抛头露面的指责必然存在。可如果就为了这个缩手缩脚，会给很多人带来麻烦。在接连不断的电话应酬间，我突然决定，不如就大大方方地接受这项荣誉。

宫先生注意到陆陆续续开始有兰花送到工作室来。他像是想要堵住我的嘴一般，直截了当地说道："铃木，你是不是得了什么奖啊？接受会比较好哦！"

总找各种理由拒绝领奖的宫先生对我说出了这样的话。这是最令我开心的事。

《眼艺圈》，《中日新闻》，2014年3月27日

令人神往的作品

伯格曼有一部名为《沉默》的电影。影片上映时举世哗然：这是艺术还是猥亵？当时我们才上高中一年级。该片的分级规定只有十八岁以上的人才能观看，我们无缘欣赏，只能眼巴巴地忍耐。这时，朋友中突然有人出主意：

"我们可以看预告片啊！"

就因为这么个偶然的机会，我得以观赏到《汤姆·琼斯》。动机当然是可疑的，因为我们的主要目的是看附带的预告片。但就是这部正片改变了我未来的人生，所以说人生奥妙难以言尽。《汤姆·琼斯》是一部动作喜剧片，描述了一个青年的恋爱与冒险，我对主人公很是着迷。这位豪爽、正直的主人公的生活态度对我影响极深。

当时，植木等那首《默默跟我来》大为流行，传遍了日本的大街小巷。部分歌词是这样的：

> 没钱的家伙，来我这里
> 我也没钱，不要担心
> 看啊，蓝蓝的天，雪白的云

总会有办法的啦

当时的日本正处于经济高度增长的浪潮之中，日本人都变成了工蜂，思维方式也变得奇怪。在这样的背景下，植木等这首充满毫无根据的自信的歌，却拯救了日本人。总会有办法的啦，大家哼唱着这句歌词。

一部电影决定了一个人的一生，一首歌改变了看待世界的方式。我多么希望自己也能做出这样的作品。在那一瞬间，我在迷茫之中突然窥见了未来。我特意查了一下，原来这些都是1964年，也就是五十年前的作品了。

《写在新版的开头》，《乐在工作》新版前言，岩波新书，2014年5月
日本音乐著作权协会（出）许可第1700701—701号

托腰痛的福

　　我的腰出了问题。我去拍了片子，诊断结果出来了：腰椎滑脱，或者叫椎管狭窄。在椎间盘和脊椎之间应该有的软骨，左边已经全部缺失，右侧仅余少许——中井医生单手拿着腰部模型向我说明。

　　医生说，骨头和骨头直接相碰，当然会疼。这不是一两天形成的，应该从很久以前就开始了。他说得浅显易懂，外行也能听明白。医生问我：年轻时参加过什么体育运动吗？答曰：体操。我还告诉他，我初中三年级时曾在做大回环的时候掉下来过，但医生并没有对我的追加说明表现出太大兴趣。他说在骨头错位的情况下能坚持到现在，说明还有复原的可能。最后的结论是先观察三个月。可以通过打针来缓解疼痛，不行的话就要做手术了。

　　手术也太夸张了吧。我说我怕见血，医生表情淡然地回道："会见到血的是我。"好吧好吧，医生大人，您有一套。

　　医生认真地将我的诊断结果输入到电脑里，无暇顾及其他。看起来他不是很擅长操作键盘，重新输入了好几次。我在一旁看着，感觉这位医生的医术自不必说，人品也值得信赖。

另外，据说我需要半年到一年的时间方可痊愈。

基于这个原因，我有一段时间没去吉卜力上班。这是前所未有的情况。不仅我自己这么认为，周围的人也议论纷纷，都说是神灵发话让我休养身体。十年来一直关照我的整脊医师长濑也这样说。他还告诫我，要认识到自己已不可与年轻时相比。我也经常这样告诉自己，但奇怪的是旁人讲我好像更能听得进去。

夏天《回忆中的玛妮》计划上映，我全权交给担纲《辉耀姬物语》制片人的西村义明，自己则专心疗养。遇到万不得已的情况，我会召集大家去惠比寿那座通称"红砖房"的地方协商。大家会非常配合地聚在一起。仿效落合博满先生挂上 GM 的名号真是不错。无论现场工作还是宣传推广，我只需确认基本的东西，其他交由西村及其属下的工作人员酌情处理即可。

想想迄今为止自己的工作状态，我突然有些后怕。几十年如一日、无病无灾地做到这个年龄，万万没想到有一天会伤到腰不能行走。工作至今四十多年来，我从未请过病假。这种盲目的自信终于让自己受到了惩罚。

但如果没有这件事，我肯定还会像从前一样拼命做事。这样一想，我又觉得现在是个难得的机会。跟从前相比，如今我的时间分配方式有所改变。

我现在人在巴黎。安纳西国际动画电影节决定授予高畑终身成就奖，以感谢他五十五年来对动画电影做出的贡献。这是送给活得久、工作得也久的人的一份礼物。一般来说，应该由《辉耀姬物语》的制片人西村同行，但因为《回忆中的玛妮》还未制作完成，距离上映日期也越来越近。种种考量之下,决定由我克服腰痛,奔赴巴黎。

事已至此,旅程最好能快乐一些。于是,我跟日本电视台的奥田、博报堂的藤卷、电通的小福以及多玩国的川上都打了招呼。除了年轻的川上,其他人也都是长年支持吉卜力工作的老朋友,不知不觉间都已经年过五十了。我很快收到了回复,大家都表示愿意前往。但高畑对大家同行会不会有什么想法呢?此行高畑还要兼顾《辉耀姬物语》在欧洲的推广工作,而其他人只是单纯地去游山玩水。怎样才能不破坏高畑的情绪,快乐地度过这九天呢?我们从羽田机场出发,第一步行动最为关键。当高畑睡眼惺忪地出现在面前时,我先发制人:

"我们几人是去毕业旅行的哦!"

高畑僵硬的表情松弛下来。搞定!打好预防针就没问题了。

"在那边和我们偶遇的话,可以一起吃个饭。"

旅行期间,大家各展所能,让高畑一心多用。先是小福在街上被人偷了钱包。刚接受完采访、本应很疲惫的高畑也和我们一起操心。

接着就是藤卷抄起还没用惯的新相机,亲自当起"官方摄影师",在各处为我们拍了很多照片,拍照时的口号也很赞。

"好了,各位!屏住呼吸——"

某天晚上,川上跟高畑展开争论,居然聊了两个多小时!高畑擅长在辩论中将对方驳得体无完肤,但川上不屈不挠,无论遭受什么样的打击都不退缩。其他人在一边看热闹。高畑很久没有如此情绪高涨了。二人围绕着日本、美国和中国展开讨论。

针对我的腰病,公司同仁也做好了万全准备。我们出发前,吉卜力海外事业部的武田美树子在行程表上将强行把我送返日本的计划写了三遍。日本电视台的奥田拿着件很大的行李出现在羽田机场，里面装的是简易轮椅。据说是奥田想到这个主意，雅马哈的佐多推荐适合的型号，由吉卜力的白木将其买回。我本以为自己不会用到这种东西，没想到真的派上了大用场——在安纳西的老城和巴黎的美术馆。我在心里双手合十：感谢！感谢！

在法国照顾我们的，是我的老相识伊兰和惠实。他们原来在日本居住，因为核事故的骚动离开了日本。

大概二十多年前，一位名叫森岛通夫的学者曾提倡过东亚共同体的主张。他说日本、中国、朝鲜半岛应该一体化，并认为这是历史发展的必然趋势。这可能吗？就算有那么一天，也一定是在我死后才会实现。但是到了今天，我渐渐感觉森岛所写的东西在我心中开始有了实感。是不是因为世间太过匆忙、嘈杂的关系呢？

主权争议，还有集体自卫权和宪法第九条问题。如果东亚实现一体化，所有问题都将烟消云散。届时日本会变成什么样？日语又会怎样变化？我不断想着这些，对于那一天到来的盼望，仅仅是我的一厢情愿不成？哪个时代都是这样，无法预测的未来等待着我们。

曾有人认为，东亚一体化需要三十年。放眼三十年后，再回过头来考虑现在。我开始思考这些，也是拜腰痛所赐。感谢上天。

泰国姑娘坎雅达回国了。她是留学生，在日本学习了一年。我跟她在公寓的电梯里相识，偶尔会一起吃饭，慢慢地聊到很多事。和我们一起的还有吉卜力的北川内君。让他作陪的理由有三。

第一是英语能力。我与坎雅达用英语对话，但仅凭我的英语能力无法顺利沟通，而北川内能够用英文准确表达。第二，坎雅达对iPhone的相关信息非常感兴趣，在数字科技方面无人能及北川内。最后，我也暗中希望能够撮合成一段国际姻缘——北川内还是个未婚青年。遗憾的是进展得并不顺利。

　　坎雅达回到泰国之后，开了一家SPA和泰式按摩店。我衷心祝愿她事业成功。她回国那天，我和北川内一起到羽田机场送行。分别的时候，我们请她加油，她回答："一言为定！"并与我们握手。

　　与她相识让我深有感触。不仅是东亚，最好整个亚洲都能走向一体化。战前抱有同样想法的日本人很多，他们大概也有同样的感受。需要汲取的教训很多。也许这是一种理想主义，但如果真的能够实现，那就太好了。

　　我对北川内说，什么时候一起去趟泰国吧！

2014年初夏

《后记，或日记的片段》，《吉卜力大汗淋漓4》，复刊.com，2014年

讨厌日本的日本人

电影《冰雪奇缘》的热度非同一般。这样下去，势必会超过《泰坦尼克号》，直逼《千与千寻》创下的票房纪录。粗略计算一下，观影人次已经超过两千万。

为什么会这样呢？我突然想到，大家是不是开始讨厌日本了？因核电站重启，人们对日本未来的忧惧无法消除，集体自卫权问题又表明日本是美国的附庸。

大家心里充满了对日本的绝望，连对日本生产的新产品也失去了信任。智能家电无甚可说，汽车和电器产品行业暮气沉沉。到了电影，则表现为不想看日本人制作的东西。

这个夏天，这种情绪在日本弥漫。

令人感到讽刺的是，场面宏大的美国迪士尼电影、《哈利·波特》等作品，因为可以将闷闷不乐的日本人带到非日常的世界，从而大受欢迎。

这种时候该怎么办呢？把所有责任都算在安倍头上也无济于事。只有先放下将来，着眼当下。正在此时，我接到邀约，问我要不要以特别总编的身份制作《AERA》杂志，只做一期即可。听上去很有吸引力。我想起了自己的老本行：在做电影制作人之前，我是杂志的总编。

认真做好眼前有趣的事，我一直如此。我相信它通往未来，决定接下这项工作。

做起来后我发现，没有比这更有意思的工作了。大家热热闹闹地聚在一起，非常快乐。我再次认识到，培养自己的是杂志。过去我得到了很多人的协助，借此机会要表示感谢。本想借助更多朋友的力量，但因页数有限，只能抱憾。

特别总编　铃木敏夫

《后记》，《AERA》，2014 年 8 月 11 日

做个"好人"

今年夏天,九十二岁的母亲去了另一个世界。直到最后一刻,我们都生活在同一屋檐下。母亲八十岁的时候从名古屋来到东京,此后再未提过想回名古屋。她愉快地享受着惠比寿的生活。每天,她都会到惠比寿 ATRE 商场的各种小店露个脸,跟店里的人聊上一阵子。她也不忘去街上的水果店、菜市场逛一逛。母亲在惠比寿街上算是个名人。

到了晚年,最让我头疼的是她装糊涂,让不知内情的店家帮她叫警车。警察虽然知道她老人家有"前科",也无可奈何,只好把她请上警车,送她回家。这种事情发生过两三次。据说一上警车,她就迫不及待地给警察指路。

每逢周末,我会与母亲逛遍东京的神社佛阁。她时不时唠叨着想早点死掉,这时我会积极向她提出建议:"做个'好人',就能早点去那个世界哟。"每当这时,母亲都会非常用力地给我几记重拳。

这样的母亲得了轻度肺炎,不得不入院治疗。她过世的前一天,主治医生告知我们,她余下的生命最短一个月,最长一年。我想,能够活到现在,她本人一定也很满足。我一直想到第二天早上才平静睡去。当天我刚好有空闲，就陪着母亲高高兴兴地散了最后一次步。我们一起度过了两个小时，为了确认她是否糊涂，我指着自己，问她认不认识我，她大声喊道："敏、夫！"这是她留在世上最后的话语。

母亲8月13日离世。父亲的忌日是14日。一定是因为两人关系不好，死也不想在同一天。母亲的葬礼没有公开，只有家人参加。当我将她的骨灰放在父亲骨灰旁边时，不由得笑了。母亲会气得爬出来也说不定呢！

2015年末服丧期间

2015年末致友人及相关人士

社交媒体，适可而止

一

我与辻井伸行，就是那位盲眼天才钢琴家，合作了一个项目。他说在音乐会上为听众弹奏钢琴比什么都快乐。这话似曾相识，好像在哪里听过。我马上想起，棒球教练落合博满曾说过同样的话。

棒球本来是令人快乐的。从前日本街坊邻里的孩子们聚在旷野或者空地上打棒球，但时过境迁，现在已经没有那种自由奔放的环境了。孩子们如果想打棒球，还需要办理手续加入少棒联盟。这样一来，目标就变成了球队的胜利。投球、击球、跑动才是棒球运动原本的快乐，没有如今的目的性。寻找合适的场地也非常困难。

辻井说幸好自己并非出身于音乐世家。只是因为弹钢琴让他感觉快乐，他也想弹给别人听，结果家人都赞美他的演奏。他说自己就是这样坚持下来的。他的母亲坐在一旁，一边听他说一边频频点头。辻井回忆起小时候去参加比赛，好几次都见到妈妈们在斥责孩子。这种经历他一次都没有。海外的演奏之旅也是一样，最让他开心的就是能给听众带去欢乐。我听过一次他的现场演奏，真的可以感觉到弹钢琴是一件令他无比快乐的事。演奏结束后，观众热烈鼓掌，他再三深深鞠躬致谢，一定是在品味这一幸福的时刻吧。

钢琴不同于小提琴，无法随身携带，所以他每次音乐会都会面对不同的钢琴，这也是乐趣之一。在地方城市演奏时，有时遇到很久没用的钢琴，他会先敲敲琴身，把钢琴叫醒，这个过程同样让他乐在其中。

与辻井相识，缘于吉卜力制作的某个广告的配乐。我在富士电视台的电视剧《尽管如此也要活下去》里记住了他的名字，在听到东京电视台的节目《美的巨人们》的主题曲时，成了他的粉丝。

这次的丸红新电力项目，是让我真心感到幸福的工作。

二

宫先生引退，吉卜力的动画长片《回忆中的玛妮》暂缓，制作部也关闭了。我本应多出很多闲暇时间，但实际上并没有。不仅如此，我反而更忙了。为什么？我试着剖析一下原因。

宫先生的引退记者会是在2013年9月6日召开的。我坐在台前，心里暗自欢喜。终于可以从工作中解放了。太漫长了。我不禁沉浸在感慨之中。想到解脱后的样子，我在台上不自觉地露出了大大的笑容。可我太天真了。欠缺想象力导致我对宫先生引退后的行动估计不足。宫先生很快就厌倦了"每天都是星期天"。明明已经收山，他却每天定时定点到工作室报到，还要打扰其他正在工作的同事。当然，他本人对此毫无自觉，搞得大家非常为难。同事们向我投来求助的目光：快帮帮忙啊，这样下去无法工作了！

虽说是引退，但宫先生在记者面前说的是"从长片引退"。真相是，他说出这话是在公开宣布退休前一天的早上，他说自己为引退写了一篇简短的文章，让我帮忙看看。其中有一句就是从长片引退。他曾当着员工的面宣称，《风起》是自己的收官之作，当时并没提到长片一说，大家都相信他会从所有的制作工作中退出来。

原来是这样，原来他是想做短片啊。我大致扫了一眼他写的东西，回复他说，挺好的呀。宫先生欲言又止。之后要制作短片，他是不是想对我说这个呢？我无视了他。但是第二天在台上我完全忘了这一茬。

既然这样只有一个办法：只能让他去做短片了。吉卜力美术馆有九部短片作品。如果再做三部，每月都可以有一部不同的作品上映。我对宫先生的想法并无异议，马上提议请他制作《毛毛虫波罗》。宫先生脸色一变，嘴里蹦出两个字：没劲！此前他一直在考虑该片的企划，居然被我先说了出来，所以才说没劲。不肯认输的宫先生真是斤斤计较，无论怎样的细节都会较真。他本想自己提出来的吧。我附加了一条建议：要不要试着用CG做呢？宫先生眼睛一亮。他对新鲜事物全无抵抗力，目光也是斗志昂扬的。

首先是制作班底。CG要让谁来制作呢？皮克斯的领军人物约翰·拉塞特与宫先生有三十年的交情。我又向宫先生迫近一步：是借助皮克斯的力量，还是起用吉卜力前成员石井朋彦麾下的日本团队。宫先生毫不犹豫地选择了日本团队，选择了一如既往地与日本的年轻人一起创作。现在宫先生每一天都在与CG搏斗，一边嘟囔真搞不懂、很花时间，一边过着充实的日子。

而我却很忙。作品无论长短，要做的事情都一样。我忙忙碌碌地度过每一天，捂着伤痛的腰。

三

曾有人说，铃木周围总是聚集着三十岁上下的年轻人。听到这话时我愣了一下。确实，不说我还没发现。不久之前，我身边还都是团块二代①。十年过去，我蓦然发现自己再次被三十岁左右的年轻人包围。

吉卜力的总监"奇奇"唯野君是从美术馆到工作室来的，因为长相酷似迪士尼的花栗鼠奇奇，有了这么个绰号。朋友的朋友智美，我们的年龄差超过父女，兴趣却十分相投，在美术、音乐、小说以及电影等领域有着相似的喜好。还有在红砖房的电梯中认识的原美甲店店长理沙，她也是这个年龄的人。别看她身材苗条，打起高尔夫球来却毫不含糊，杆数大概在九十上下，成年男性都得甘拜下风。小华和千爱也差不多同样年纪，她们每周五晚上都会参加日本电视台的奥田主持的电影活动。曾在红砖房前面的餐馆"TOOTH"工作的小浦，现在也是三十岁的妈妈了。当然不能忘记多玩国的绫乃。她负责川上现在最关注的事业——N高②的工作。我也挂名该校的理事。

我与这些年轻人一起度过每一天，一起工作，一起吃饭。与他们相伴的时光对我来说是宝贵的、无可取代的。但最近发生了让我很在意的事，是我完全不能理解的情感纠葛。绝不是美好的故事，

---

① 出生于1971年至1974年间第二次婴儿潮的一代人。
② 全称"N高等学校"，成立于2016年，是以在线课程为主的私立高级中学。该校学生通过互联网和VR等设备完成教育，并获得与全日制高中同等的学历证明。

但有时人不得不面对残酷的现实。我认为为了这个时代抗争，这是一种必要的恶，所以我敢于写下这些。

去年夏末，A姑娘收到一位有妇之夫的告白。男方说自己的夫妻关系因为不能生育出现了裂痕，正在考虑离婚，但离婚手续很烦琐，希望A姑娘能够等他。A姑娘被对方的真挚打动，决心等待。两人持续幽会了多次，某天男方突然音信全无。到了年末，A姑娘听到传闻，据说新年他就要当爸爸了。竟有这种事！如果传闻是真的，男方在告白那天应该已经知道实情。她先是难以置信，觉得不可能，后来渐渐明白传闻都是真的。

B姑娘的遭遇更加离谱。

她原计划去年九月举办婚礼，为此积极筹备。日期和场地全都定好了，请帖也发出去了。这是八月份的事。据说男方的母亲在五十岁时患胃癌去世，父亲因患有认知障碍需要照料，所以他与父亲一起生活。B姑娘只去过男方家门口两次，男方从未邀请她进去，每次都说不知父亲在做什么，不太方便。B姑娘信以为真，依然憧憬自己的婚礼。接下来事情急转直下，因为男方父亲的状况，婚前双方父母没有会面。女方的父亲提议男方准备好户口簿复印件。男方爽快答应，马上拿着复印件来到女方家。大家看到户籍信息目瞪口呆：原来他是有妻子儿女的。

这两个故事究竟意味着什么？这已经超出我的理解范围，我也不想去理解这种事，没这个必要。这两件事的共性是，男人们根本不觉得自己有什么错，都没有道歉。姑娘们的悔恨和愤怒可想而知。一想到她们遭受的精神打击，我就从心底感到难过。

为什么我要将这种令人恶心的事情原原本本地写出来呢？

是我的愤怒使然。

这些三十岁前后的年轻人被称为"压力一代",意思是经受各种压力的人。在这个时代活着极为辛苦,无论男女老少,生活在这个国家的人都能明白。压力催生出现代的妖怪,做出令人发指的事——尽管可以如此解释,我也无法原谅他们。

各位不妨听我这老头子一句劝告:使用社交媒体要适可而止。要讲究方法,尽量减少使用时间,增加与人接触的机会,否则会遇到更加残酷的事。社交媒体是大家中断自我、戴上面具的地方。

去年年末我去了一趟泰国,看望泰国朋友坎雅达。之前我听说她生了小宝宝,表示很想见见小家伙,坎雅达笑我只是嘴上说说而已,我一赌气就飞去了泰国。坎雅达见到我,高兴得流下了眼泪。她现在已经三十岁了。为我安排行程并身兼翻译一职的是淳志君,他是日泰混血,也三十岁了。淳志君即将带着他的女朋友来日本游玩。在泰国时承蒙他的照顾,我心存感激,这次我准备为他们提供红砖房的住宿。

《后记》,《吉卜力大汗淋漓5》,复刊.com,2016年

氏家齐一郎的"最后之旅"

三鹰之森吉卜力美术馆由基金会运营。其第二代理事长是曾任日本电视台社长的氏家齐一郎先生。我每月会拜访一次氏家先生,汇报经营状况。工作汇报很快结束,接下来就是闲聊。当我看时间差不多了,准备起身告辞时,氏家先生都会不高兴:"怎么这么快就走!""已经超时了,还有人在等我。"尽管我说明了理由,氏家先生还是非常强硬地说:"让他们等着就好了嘛!"

氏家先生过世已有五年,我仍忘不了他恶作剧一般的表情。岂止难以忘怀,更是在记忆中越发鲜明。

我与他的年龄差接近父子,却不知为何意气相投。以前我出门从不带手机,属于移动电话不移动的那种人,总是想着过后再听留言就好。有一天,我的手机中出现了一条氏家先生的留言:"我是氏家。我会再打给你。再说哦!"我急忙给氏家先生回拨过去。自那以后,我的移动电话就开始跟着我移动了。

渐渐地,我与氏家先生会面的机会增多。他邀请我一起去欧洲旅行:"这是我人生最后的旅行。陪我走走吧。"氏家先生看起来非常认真。话说到这个份上,我自是不能推辞,便叫上高畑勋、宫崎骏一起出发。

在意大利的某家餐馆,氏家先生提出要与我单独合影,我无法拒绝。我们在镜头前站好,他又突然让我拉着他的手。我心情忐忑,紧紧握住他的手。这本应是最后的旅行,但在之后的三年内,同一群人又一起去了趟欧洲。

这次连载开始之前,我曾为题目苦恼不已。刚好手边放着一本茨木则子的诗集《岁月》。腰封上有这样一段文字:

有的人拥抱着
只存在一天的
闪电般的真实
奋力生存下去。

就是它!只有它合适。在有限的时间里,你在与谁共度,或者说,你是与谁共度至今的呢?

《岁月》,共同通信社发文,2016 年 2 月

重在外表

"人最重要的不是内在,而是外表。"

社长暮年时曾说过这样的话,却从未加以解释。

我了解到其中的含义,是在2000年、七十八岁的社长故去后。

德间康快,出版界的德间书店、电影界的大映、音乐界的德间日本通讯、新闻界的东京时报,再加上吉卜力工作室,他曾担任社长,独力领导了这些集团。他还兼任母校逗子开成学园的理事长和校长,是个传奇般的人物。

在他过世三天前,主治医师让我将他搬到旁边的病床上。社长比一般人魁梧,我想我一个人是搬不动他的。

我正在犹豫,医生却催得更急,并加了一句:"他很轻的。"我抱起社长的身体,果然比想象的轻上许多。我非常感慨。

啊,变得这么小了啊。

头七在社长家中举行。床边放着一个巨大的衣柜。

衣柜里挂满了社长常穿的西装。我心不在焉地看着这些衣服,夫人走了过来,我同她商量,这些衣服放着太可惜了,要不要分赠给大家留作纪念呢?夫人让我看衣柜里面,并拿出一套西装说道:

"请看，这些西装是只有他才能穿的呀！"

一看衣服内侧，我吃了一惊。只见西装里衬着垫肩，从肩部延伸到腹部以下，左右都是。穿上这样的西装，身材瘦小的人看起来也会比别人壮一倍。

社长是个有度量的人，没想到他会用特制垫肩让自己看上去显得魁梧。他悄悄以某种外在形象示人，亲自实践着"重在外表"这句话。我呆立在原地，夫人开口道："他啊，是会说谎的。有时他对我都会撒谎哦！"

德间康快先生有记日记的习惯，六十年来风雨不误。那些坚持记录了六十年的日记本，如今却已不知去向。

《岁月》，共同通信社发文，2016年2月

千叶彻弥先生的阁楼

千叶彻弥先生是一位给团块世代带来极大影响的漫画家。我们在多愁善感的年纪读了他的很多作品。

我一开始沉迷于棒球漫画《魔球投手》。后来看了第一部对我的人生有意义的漫画《紫电改之鹰》。这是一部战争漫画，描写了太平洋战争末期驾驶"紫电改"战斗机的飞行员与他身边的人。除了精彩的战斗场面，书中也刻画了一批在死亡笼罩下的战争中活着的年轻人，通过对他们的苦恼和各种心态的呈现，让我们体会到战争的两面性。

在我们即将从初中升上高中的时候，《明日之丈》登场了。在那之前，漫画是成年后就会告别的东西。但我们上了大学之后还是会看漫画，这成了一种社会现象。

入职德间书店后，在策划漫画家插画集的项目时，我毫不犹豫地提议做千叶先生的集子，并担任该项目的负责人。

我去拜访千叶先生位于西武池袋线富士见台的住处兼工作室，每天与其家人、助手共进午餐和晚餐。千叶先生没有一句多余的话，他总是默默用餐，用完马上回到工作间。这样持续了一个月。当时我在那里做了些什么呢？现在已经完全想不起来了。不用说，千叶先生依然一言不发。

有一天，千叶先生突然邀请我去他的工作间。在一个很大的房间里，助手们的桌子并列排放。他们在工作中也默不作声。千叶先生将我带到位于房间一角的小阁楼，那里一般人进不去。爬上狭窄的阶梯，上面有一个小房间，里面有一张画桌。阁楼低矮，头可以碰到天花板。千叶先生打开壁橱，告诉我他过去的东西都在里面。"这里你可以自由出入。"

从那天开始一个月，每到吃饭的时候，我都会与千叶先生交谈。

最后，我请他写了后记。其中有这样一句话：铃木先生是一位著名的编辑。此前此后我都没有被这样评价过，好开心。

《岁月》，共同通信社发文，2016年3月

押井守跨越十五年的梦想

我和押井守是从什么时候成为朋友的呢？大概是在二十世纪八十年代中期吧。我每周六晚上都泡在他家里。工作结束后，我会带着橘子去他家，跟他们夫妇彻夜畅聊到早上。这个习惯不知持续了多久。

押井和我在学生时代看了无数的电影，无论娱乐片还是艺术片，也无论外国片还是国产片。这是我们共同的体验，我们谈论的话题全都是电影。

那时，电影还没有失掉它的光彩。我们曾经相信，一部电影可以改变世界。

后来我成为制作人，参与制作影片《天使之卵》。片名是我取的。押井寄居在宫崎骏的个人事务所里，我们还一起去过爱尔兰旅行。

再后来，我们各自走上不同的道路，但偶尔会交会在一起。我曾出演押井守的真人版电影。押井制作了《攻壳机动队》这样的娱乐作品，也拍摄了很多脱离现实的真人电影。从最早的《红眼镜》，到《地狱番犬》和《阿瓦隆》。有一天他突然打电话给我，说想请我出演他电影中的一个角色。那部电影叫《Killers》，其中被女狙击手射杀的那个人就是我。

后来我又陆续出现在他的电影里。《立食师列传》《真·女立食师列传》，以及《次世代机动警察：首都决战》。我还见缝插针地担任了《攻壳机动队2：无罪》的制片人。现在，我们又一次一起工作了。

这部片子名叫《最后的德鲁伊：加尔姆战争》，是押井守跨越十五年的作品。押井在日本未能遂愿，最终转战海外，起用加拿大当地演职人员完成摄制。该片的日语版由我负责制作。

再三研究过英文版后，我决定不对台词做任何更改，而是改变作品给人的感觉。幸运的是，我遇到了著名声优朴璐美和导演打越领一，愿望得以实现。

看到日语版，押井守会怎么说呢？看过后，他这样对我说道："做得很好。"

《岁月》，共同通信社发文，2016年5月

与欧洲的现代史面对面

　　我与卡洛斯·努涅兹相识，是在制作《地海战记》的时候。电影配乐需要风笛演奏，我听说有位很棒的西班牙风笛演奏家访日，便请他来试奏，音色真是非同一般地美妙。他的相貌也很具视觉冲击力。

　　光头占去了脸部的一半。秃顶的程度真是非比寻常。从面庞的下半部分开始，黑色的头发沿着脑袋垂下。用败走的武士来形容，大概更容易理解。录制过程中，我和卡洛斯天南海北聊得很投缘。

　　聊着聊着，他突然发出邀请，请我去他的故乡加利西亚游玩。继承拉丁人血脉的他不喜欢暧昧复杂的表达。他说你来，我就只能回答我去。

　　我得知他是个仅靠一支风笛就可以让斗牛场座无虚席的超级明星，已经是很久以后的事了。他一直不露声色。《地海战记》的音乐录制也是他在繁忙的音乐会间隙完成的。"你来做吧！""好的。"简单干脆。拒绝这样一个人发出的邀请，还算什么男人。我约上伙伴，一起去了西班牙。

　　在加利西亚的维戈，卡洛斯将我们请到了他和家人居住的大房子。他的父母和兄妹都住在这里。我们在一个巨大的暖炉上烤肉。他示意我来操作，我就有样学样地烤起来，他的父亲走过来教我，三言两语后，老人的表情认真起来："你和我的眼神非常像。这双眼睛都看过什么呢？"

聊天中我得知，老人家曾当过兵，西班牙内战时他无法待在国内，曾流亡到法国和苏联。在西班牙，弗朗哥率领的国民军与人民阵线之间爆发过战争，苏联支持人民阵线，德国和意大利则支持弗朗哥，那场战争是第二次世界大战的前奏。

听着他的诉说，我的目光一刻都没有离开过他的眼睛。那是一种礼仪和尊重。一想到自己正在与欧洲的现代史面对面，我的身体都在震颤。

我与卡洛斯的友情一直持续。每次见到卡洛斯，我都会想起他的父亲。

《岁月》，共同通信社发文，2016 年 5 月

戛纳的"帅盗"

有生以来第一次,我的钱包被偷了。放在挎包里的钱包不翼而飞。那个挎包是挂在脖子上、置于身前的,护照等重要物品都在里面。虽然不体面,但也无所谓,出国旅行时我都是这样。上飞机前,我想再来一支烟,然而当我走到室外,取出挎包里的 iPhone 时发现——不见了,钱包不见了。

我追溯记忆,回想最后一次见到钱包的时间,回忆来机场时的出租车,还有酒店的房间等等。

那是我第一次出席戛纳电影节时发生的事,就在电影节结束后的归途中。我们在法国花费十年时间制作了一部吉卜力新作,也就是迈克尔·度德威特导演的《红海龟》。我们携此片参加"一种关注"奖项的角逐。所有活动结束之后,乘坐国内航班前往巴黎时,发生了钱包遗失事件。

眼看登机时间迫近,我先赶到候机室。航空公司的一位女士右手举着我的钱包,笑盈盈地出现在那里,似乎是根据我放在钱包中的名片锁定了失主。她说,钱包就放在办理乘机手续的柜台上。我喜出望外,因为当时我正准备办理信用卡挂失。我看了看钱包里面,信用卡都在。

只有现金不见了,日元和欧元全部被拿走。我突然回想起来,我们准备办理登机牌时,一个三十岁左右的男子好像很着急的样子,嘴里喊着什么接近我们。我的钱包就是被他偷走的吧。

但他是怎么偷的呢?我完全不记得,同行的同事们也毫无察觉。不管怎么说,钱包失而复得免去了很多麻烦,实在是万幸。不过这窃贼也真是技艺精湛。在这种时候表示感佩似有不妥,但他的手法确实专业,是个法国风格的帅盗。

《岁月》,共同通信社发文,2016年7月

通向高更之旅

从戛纳回国途中，我在飞机上写下这篇文章。

戛纳电影节是与威尼斯、柏林齐名的世界三大电影节之一，此前吉卜力都无缘参与。电影节主办方曾数次发来邀请，实际却很难成行。完全是时间的问题。电影节在五月份举办，吉卜力的电影则固定在夏天上映，在五月完成全部工作是不可能的。

在戛纳，我接受了很多记者采访。最令我为难的是对戛纳这个城市的感想。我觉得它与日本的热海非常相似，海岸边的一排排酒店、沙滩也与热海相像。我曾数次访问的威尼斯则很像浅草。寺院、河流以及贡多拉小舟，还有类似仲见世商业街上的漂亮店铺。但没有记者想听这些。他们想问的是吉卜力初次来到戛纳的感动之词。

我适当敷衍一下后，他们就会问起迈克尔·度德威特导演与吉卜力的合作。以《红海龟》为开端，吉卜力今后是否要开始与欧洲导演一同制作动画电影呢？记者们重复着同样的问题。

这样的提问让我颇为郁闷。我一直尊敬的欧洲记者们理应对时代更加敏锐，怎么到现在还在问这种糊涂问题？不只是电影，各个国家的人聚在一起制作作品，当今世界不是正在向这种趋势转变吗？

只有一位记者的提问深得我心。在和迈克尔一同出席的记者会上，机会难得，我回忆起作家池泽夏树的看法，进行了稍长的回应：现代是移民与难民的时代。人们去往新的国家，在那片土地上用当地的语言书写。这些作家的作品里有新鲜有趣的东西，其中蕴藏着当代的主题。日本也曾有世界文学全集，但已经不再适合如今的时代。尽管仍有法国文学、德国文学、俄罗斯文学等区分，但这种分类在现代已不再流行，意义也淡化了不少（池泽先生，我仅凭模糊的记忆阐述，如有错误敬请谅解）。小说已经跨越了国界，电影正在开启这样的时代。不仅限于动画，真人电影也有同样的趋势。我正在劝宫崎骏的长子宫崎吾朗到泰国拍电影。园子温导演的下一部新作将在美国拍摄。所以看到为了这次合作而大惊小怪的记者们，我有些失望。

导演迈克尔出生在荷兰，用他本人的话说是在森林中长大，在瑞士接受教育，在西班牙成为动画师，后来因迪士尼的项目曾到美国西海岸工作，之后又去英国生活。他致力于创作短片，间或到日本来，现在他又在法国定居。池泽夏树出生于北海道的带广，去到东京后又远渡希腊，之后在冲绳度过了十年岁月，又在巴黎近郊的枫丹白露生活了五年，现在住在札幌。我不由得联想起一位先驱——保罗·高更。高更生于法国，随家人亡命秘鲁。他当过水手，也做过股票经纪人，走遍世界各地后，开始在巴黎生活，立志成为一名画家。他在布列塔尼受到前现代文化的吸引，去了塔希提岛。两年后，他回到巴黎，发表以塔希提岛为题材的画作，却不受欢迎，于是他重返塔希提岛，再也没有踏上欧洲的土地。

这三人的共通之处在于，他们都不是某个地方的定居者。与

《寅次郎的故事》中的寅次郎不同，寅次郎可以回到柴又，这三人却没有可以回去的故乡。

在戛纳，趁着取材的间隙，我也问了迈克尔一个问题："您能说几种语言？"他非常认真地回答我："荷兰语、法语、英语、西班牙语，以及一点儿德语。"我本想多聊些这样的话题，怎奈下一个采访又要到了。

我请谷川俊太郎观看了《红海龟》并请他题诗，于是我收到了一篇十分精彩的诗作：

> 空着双手将海平面置于身后
> 朝着汹涌的波涛逆行
> 一个男人
> 像一个刚出生的婴儿一般
> 升上海面
>
> 这里是哪里
> 现在是何时
> 生命从何处来
> 又将向何处去
>
> 天空与海洋永远相连
> 日历无法计量的时间
> 世界不用语言回答
> 用另一个生命来回答

读了这首诗，我想起了高更的一幅画，题为《我们从何处来？我们是谁？我们向何处去？》。这是高更回到塔希提岛之后，临终前的一幅杰作。我毫不迟疑地将谷川诗中的一段放到了电影的宣传剧照上：

> 生命从何处来
> 又将向何处去

我请池泽为电影宣传册撰写了解说词。迈克尔、高更、池泽这三位"流浪者"还有一个共同之处：他们的作品中都有着对孕育生命的女性的深深敬畏。

注意到这一点，我就看清了电影的宣传方向。在不断复杂化的现代社会中，新形式的女性歧视正在增加。在恋爱、婚姻、家庭生活与职场中，女性成为受害者的事例屡见不鲜。《红海龟》或许是对当今时代的一种回答。

于我而言，以这样的形式解读作品主题、思考顺应时代的电影推广方式，一直都像是冒险之旅。

《吉卜力的伙伴们》后记，新潮新书，2016 年

爱一个人不需要语言

　　我在曼谷的朋友淳志君是日泰混血,今年三十岁。夏初,我去泰国旅行,在旅程的最后见到了他的父母,那天的情景让人难忘。

　　他的父亲是日本人,几乎不会说泰语,母亲是泰国人,只能说一点点日语。这样的两个人相遇、相知、相爱,共同生活了三十余年,养育了儿子淳志君。他们是如何交流的呢?淳志告诉我,比较复杂的话题由他来翻译。这两个人一定非常相爱。

　　我会想起这件事,是因为电影《红海龟》。这部电影里没有一句台词。为什么没有台词呢?接受采访时,我数次被问到这个问题。最初的方案里是有少量台词的。我强烈主张把它们全部拿掉。为什么呢?虽然我可以做出很多解释,当时的心境如今却想不起来了。爱上一个人不需要语言——当时的我大概是这样想的吧?

　　结束日本的宣传活动后,我带着迈克尔·度德威特导演一家人开始两天一夜的旅行。欣赏着里磐梯的风景,我对迈克尔讲起了自己在泰国的这次经历。他的脸上浮现出微笑。

　　在戛纳电影节期间,我与他有了聊一聊的机会。除了出生国的荷兰语之外,迈克尔还懂得好几种外语。《红海龟》的制作班底也集中了欧洲各地的人。每次去制作现场，都会听到各种语言交杂。曾有人这样对我说："日本人只要会说日语就好。我们欧洲人不多懂几种语言就很难生存。"

人类在自然的主宰下，但仍会孕育出微小而真挚的爱情，在幸福的时光中度过一生。影片中的男女和他们的儿子没有名字，也不用任何语言交谈。

迈克尔一定是想在《红海龟》中创造一个现代的神话。

《岁月》，共同通信社发文，2016 年 10 月

加藤周一其人

有的人能视场合恰如其分地表现出所需的东西。我对这样的人十分尊敬，也非常信任。

这样的人无论在何种情况下，言语举止都很得体，随便截取一幕都像是电影中的镜头。

不是演的，也不会让人觉得做作。他们总是表现得非常自然。我有幸遇到过少数几位拥有这种特质的人，加藤周一就是其中之一。

2005年，吉卜力计划将NHK节目《日本艺术的心与形》做成DVD。高畑勋提议召集大家一起听加藤先生的讲座，将现场拍摄下来作为DVD的特别篇。集合地点是位于东京上野毛的五岛美术馆，那里距加藤先生家比较近。为了准备摄制工作，团队成员都聚在一起。

商谈正要开始时，负责推进的NHK女导演递出名片，她刚要自我介绍，却被加藤先生拦住了。

"对于工作中遇到的女士，我从不会忘记她们的名字。但我却想不起来你的名字。"

坐在一旁的我一开始没明白加藤先生在说什么，但马上就反应过来了。女导演也心领神会,她不慌不忙地将自己的名片递给加藤先生,说道:"今天是我第一次见到您。"

加藤先生凝视着她的眼睛,柔和的面庞上浮现出喜悦的笑容。那时我有一种感觉,无论多大年纪都不会失去风趣的人,一定很受女性欢迎。

我算了一下,那时加藤先生已经八十六岁高龄了。

只见加藤先生悠然点燃香烟,满足地吸了起来。连他吸烟的样子都特别帅气。现场的氛围马上变了,全体成员紧张的情绪松弛下来,录制工作也进行得非常顺利。

身为代表战后日本发声的知识分子,加藤周一先生私下里也具备十足的魅力。

《岁月》,共同通信社发文,2016年8月

自我暴露的男人

有部电影叫《式日》，是庵野秀明唯一一部与吉卜力工作室合作的真人电影。背景在他出生、成长的山口县宇部市。这其中有庵野缜密的考量。经验尚浅的他挑战真人版电影时，选择了如指掌的宇部为舞台，可以让不熟悉的真人拍摄现场按自己的意愿来推进。庵野一定有这方面的考虑。

我也曾到过现场，在庵野的引领下参观了各处，宇部兴产的工厂真令人吃惊。本是真实存在的场景，拍出来就有了科幻感。我知道，这就是《新世纪福音战士》的原点。我向庵野说起我的感受，他顽皮地笑了。

在《式日》的制作过程中，我了解了庵野秀明拍电影的本质特征。

他坚信将自己原原本本暴露出来就是电影制作。有些小说和电影号称是自传，但都是美化之后的虚构故事。庵野却不一样，这部电影是他真正的自传。虽然最后请岩井俊二担纲主演，但我最早的建议是由庵野亲自出演。

《式日》是庵野秀明有着最为强烈的纯粹感的作品。希望喜欢

《新世纪福音战士》的人务必一睹为快。你会更加深刻地体会到《新世纪福音战士》的本质。

庵野秀明这个人,纯粹得甚至有些极端。也正因如此,与他交往是一件很麻烦的事。他无论对己还是对人,都会用彻底暴露自己为标准来要求,借用他本人的话来说就是"脱掉裤子"。

我为什么可以与他交往至今呢?实际上,用与庵野一样的方式制作电影的导演还有一个,那就是宫崎骏。我只对这样的导演满怀兴趣,所以我必须全力配合他们。

庵野的新作《新哥斯拉》正在上映。我还没有去看,不知庵野在哥斯拉这样的题材里,是如何暴露自己的呢。

《岁月》,共同通信社发文,2016年8月

保田道世的"心"

至今我依然清晰地记得,那年也与今年一样,十月的脚步越来越近,却依然连日酷暑。在吉卜力通向二楼的螺旋楼梯上,我与保田道世女士相遇。擦肩而过的那一瞬间,她突然叫住了我。

"铃木先生,男人和女人的关系,只有三种吧?"

我停下脚步。保田女士则直视着我的眼睛。她经常这样突然扔来一句,没有任何铺垫。这就是她的特点。时间刚过中午,从螺旋楼梯望下去,员工们正在吃午饭。

"金钱,身体,还有心……"

"你觉得哪个最糟?"

这不像是适合大白天谈的话题。保田女士也明白这一点,却坚持向我提问,脸上露出恶作剧般的笑容。在她的催促下,我慢慢地、一字一句地答道:"是,心吧。"

"是呢。"

保田女士认同地点头,然后大声笑了几下:"哈哈哈……"

她为什么要问我这样的问题呢?

保田道世是宫崎骏任命的"吉卜力色彩设计师",参与所有作品的制作。那些品质卓越的吉卜力色彩正是出自她手。

  对于高畑勋来说，她是合作超过五十年的好伙伴，而对宫崎骏而言，她是一生的心灵支持。

  10月5日下午三点十一分，保田女士一去不归。

  傍晚，我们到位于小平的保田府上瞻仰遗容。守着表情安详的保田女士，我想起了前文写到的那件往事。她是个能干的人，深得部下的信任，但却绝不是个只知道工作的人。年轻时的保田女士还有不为人知的一面，白天，她与高畑、宫崎一起工作，晚上则出没于新宿黄金街。

  那是制作《哈尔的移动城堡》时的事了。

  享年七十七岁。愿您安息。您辛苦了。

《岁月》，共同通信社发文，2016年11月

それでも
やるきないもんが
観たい。

推荐词 Ⅴ

然而
还是想看那些
不会动摇的东西

书籍篇

宣传事小,却关系重大

本书的诞生与我关系不小。

首先,提出约稿的正是我自己。

吉卜力工作室有一本月刊《热风》,我邀请古泽在这本杂志上连载文章。业界无人不知,古泽利夫拥有丰富的知识和经验以及超乎寻常的热情,应该趁现在将它们整理成形。生命无常,做事还是越早越好。

古泽答应得非常痛快。

其次,设想、提议并决定这本书书名的,也是我本人。

电影迷都知道《向明天开火!》这部片子,却很少有人知道这部电影的原名叫"Butch Cassidy and the Sundance Kid"。这个日文片名究竟是谁起的呢?①

先说答案,听说是当时在二十世纪福克斯公司负责推广工作的古泽。之所以说"听说",是因为我没有向他本人求证。但爱显摆的古泽在书里并没有提到这段经历。他坦诚地披露了自己最喜欢的美

---

① 该片中文译名为《虎豹小霸王》。

国新电影,却对此事只字不提,究竟是为何?

这部电影的日文片名绝对不可能由原片名直接译出。这是对影片内容有一定了解之后才会想出来的名字。这个片名使该片在日本成为名作。很多人都把它当作人生中第一位的电影留在记忆中,我当年也是被片名吸引才走进电影院。

在这本书里,有关于邀约如今已故的淀川长治先生制作预告片的记述。请淀川先生观看影片,看完马上询问他的感想,并将其原封不动地用在电影预告片中,这是非常聪明的点子。当时,淀川先生是这样说的:

"舍弃明天、只活在今日的男人的孤独的呼吸……"

太帅了!

1970年的"安保斗争"前后,世界上弥漫着这样的氛围。

文中没有古泽关于预告片的感想,但在那一瞬间,深受触动的古泽利夫的样子仿佛就在眼前。毫无疑问,这个男人将自己投射于保罗·纽曼,忘我地陶醉于淀川先生的点评中。

宣传事小,却关系重大。

"向明天开火!"是青年古泽利夫"我不只是个宣传人员"的灵魂呐喊。

我托人将准备以此为书名的决定转达给古泽,他听后非常高兴,说:"很有那家伙的风格嘛,你告诉他,古泽表扬他了。"

必须一提的是,他本人想起的书名是《电影之梦:百年记忆》。

第三,再来聊聊这本书的封面。

我当时的提议是,将片尾布奇和圣丹斯面对追逐者的经典一幕定格,把动作静止的那一瞬用作封面。但最后变成了这样,这是古泽的想法。

究竟哪个比较好，要交由读者评判。

古泽是大我一岁的兄长。我们同属于团块世代。电影与动漫分属不同的领域，从旁观者的角度看来也许像是对手。业界某报的记者曾经写过以"两个Toshio"为题的报道，是关于古泽和我的，现在想来也是一桩令人怀念的往事。①

《电影旬报》，2012年5月上旬号

---

① 在日语中，"敏夫"与"利夫"均读作"Toshio"。

纯真的恶作剧

米林宏昌在吉卜力被称为"麻吕"。似乎是在他还是新人时,同期入职的伙伴开始叫的,意思是他的言谈举止都像一个平安时代的贵族。于是,大家就都称他为麻吕。

有一天,宫先生看到刚刚印刷好的《回忆中的玛妮》海报,流露出不快的情绪。

"麻吕就喜欢画美少女,而且还是金发美少女……"

他想说这是日本人面对西方时的自卑心理所致,总画那样的东西太无聊了,没有成长。宫先生的语气里充满了愤懑。面对他的牢骚,我默不作声。在麻吕画的一堆形象里面选定现在这个,并提议用来做海报的是谁呢?正是我本人。我心里自然也不平静,但我同时也想,宫先生不也是总画些战斗机之类的吗?麻吕不过是把对象换成了少女而已。麻吕当然没有什么日本人的自卑心理。他是出生于全球化时代的孩子,成长于日本人可以自由周游世界的环境中。但是当着宫先生的面,我无法反驳。

于是就有了这个画集。如果宫先生知道我们在制作这本画集会怎么想?他应该会生气。大概不是一般地生气。那情景不由得浮现在眼前。

"谁、谁居然搞出这样的玩意!"

这本书的企划正是我。麻吕从记事时起就画各种各样的少女,有日本人也有外国人。我虽然不了解麻吕的过去,也没有向他本人求证过,但是在《借物少女艾莉缇》里,麻吕展现出来的偏好里有一些特别的东西。那是在旅行途中,在欣赏世界名画和观看电影的时候,还有在日常生活中,对少女的观察与对细节的捕捉。如果没有这些积累,就不会诞生艾莉缇那样富有魅力的人物。

我挖出了麻吕私藏的速写本。我突然想到,这些少女再加上艾莉缇、杏奈和玛妮,集结成书应该不错。最擅长编辑这种书的森游机就在身边。就这样,本书的企划开始了。

麻吕说他想再做一部电影,因为《借物少女艾莉缇》还有未尽之处。听闻此言,我毫不犹豫地递给他一本《回忆中的玛妮》。理由非常单纯:书里有两个主人公,分别描绘两个主角一定是麻吕乐于接受的工作。我想这个企划对麻吕来说再合适不过。

制作《回忆中的玛妮》时,我还拿来一卷录影带让麻吕参考。是海莉·米尔斯主演的《风雨故人情》。电影讲述了有着黑暗过去的女性与青春期少女的友情。故事虽然发生在英国,但主人公的设定或许有参考价值。主人公由海莉·米尔斯饰演,我是她的热心粉丝,现在也珍藏着她的写真集。几天后我见到麻吕,他对我说:"真是一部好电影!"

这部作品在日本并没有做成录影带。我只有一卷翻录自电视的带子,当年埼玉电视台仅播出过一次该片,我请朋友帮我拷贝了一卷日文配音版的。

我想起川端康成的《睡美人》。海边旅馆的房间里,一个老人在一丝不挂的年轻姑娘身旁度过一夜,姑娘被灌了药而人事不省。接下来的几晚都是如此。这部小说是川端康成著名的颓废文学作品,而我也悄悄妄想着将它拍成动画。这部影片中会有各种不同类型的少女相继出现。导演就让麻吕来,希望有一天能请他帮我实现愿望。

最后我要说明一下,为什么要为这本书添上"纯真的恶作剧"这个副标题。它是西班牙一部老电影的片名①,只是被我借来一用,与内容并无关联。在《回忆中的玛妮》里,杏奈与玛妮两个人的行为就是纯真的恶作剧,麻吕坚持描绘女孩子这件事,除了"纯真的恶作剧"之外,也没有其他的词语可以形容。

《纯真的恶作剧》,《米林宏昌画集——纯真的恶作剧》,复刊.com,2014 年

---

① 该片中文译名为《稚情》。

跨越三十年的心结

《长袜子皮皮》于我而言是缘分匪浅的企划。三十年前，我们就曾打算做一本这样的书。

当时我是杂志《Animage》的总编。在结识了高畑勋、宫崎骏后不久，我了解到有一部梦幻般的作品是他们从东映动画辞职的直接原因。

在两人中途退出日美合拍的《小尼莫》、回到日本时，我想看到更多他们的作品，于是决定在杂志开设一个版块，介绍高畑和宫先生从事的工作，并请高畑任监制，请宫先生连载漫画《风之谷》。

每一期我都会与高畑交流，并提供企划案。在杂志上介绍梦幻之作《长袜子皮皮》就是其中之一。

1971年我看到了高畑写的备忘录，以及宫先生保存在剪贴本上的概念图，文字和图画都有相当的数量。

仔细翻看这些，我确信从《太阳王子霍尔斯的大冒险》过渡至《阿尔卑斯山的少女》期间，《皮皮》的筹备工作对后来的高畑勋与宫崎骏有着重大意义。

借《霍尔斯》，两人制作了一部冒险奇幻作品。而到了《阿尔卑斯山的少女》却陡然一变，开始专注于描绘人物的日常生活。造成这种转变的不正是《皮皮》吗？

高畑在创作了《霍尔斯》之后，便决定不再碰类似题材的作品。

"生活、风俗和习惯都可以在动漫作品中展现。只有一样东西是无论如何也无法描绘的，那就是流播于世间的思想。"

我没记错的话，他曾这样说过。这只是我个人的猜测，但我想高畑就是以此为转折点，转而描绘更贴近日常生活的作品。

宫崎骏却不一样，他后来制作的《未来少年柯南》和《风之谷》都可谓《霍尔斯》的延伸。两个人逐渐分道的契机，或许就包含在《皮皮》中……

工作过程中，我萌生了一个想法：应该以单行本而不只是杂志的形式，完整呈现出他们在筹备《皮皮》的过程中所留下的东西。记得高畑也曾提出过类似的愿望，想将他们计划推进的工作以某种形式保留下来。

我们马上通过瑞典大使馆向作者阿斯特丽德·林格伦女士争取版权许可，同时，在日本也与原作的出版社岩波书店开始了商谈。令人遗憾的是，林格伦方面拒绝了我们的请求。

但至少要做份杂志特辑。我在《Animage》的1985年8月号登载了宫先生的画稿和高畑的备忘录，题目为《为孩子们制作动漫——创想原点"皮皮"的私藏概念图大公开》。

后来我成为吉卜力工作室的制作人，开始参与制作高畑勋、宫崎骏的作品。我曾就《皮皮》的影像化数次与宫先生商量，每次都由于这样那样的原因未能实现。

《长袜子皮皮》成了一个悬而未决的问题，一直留在我心里。宫先生制作《魔女宅急便》时，特意派制作团队到皮皮的故事背景哥得兰岛进行实景拍摄，可以看出他心里也一直记挂着《皮皮》。

获得奥斯卡金像奖和柏林国际电影节金熊奖后，宫崎骏享誉世界，林格伦女士的版权继承人终于发来邀请，讨论将《皮皮》拍成动画。

宫先生没有马上应允，他的第一反应是："太迟了……"最终他的答复是："皮皮已经错过了时机，不能做了。"但同时他提出："或许可考虑《罗妮娅》……"宫先生对林格伦女士的另一部作品《绿林女儿罗妮娅》也有想法。

心里记挂着这件事，适逢宫崎吾朗完成了《地海战记》的制作，我与他开始商讨下一部作品。我还请吾朗到东欧去实地取景，但最后这项计划还是触礁。

不得不放弃《罗妮娅》的吾朗，开始执导《来自红花坂》，之后突然改变主意，离开吉卜力到NHK制作电视系列节目。在那里，《罗妮娅》的企划再次被提上日程。也许吾朗决心通过林格伦的作品，继承父亲的意志。

负责制作的虽然不是吉卜力，但取得影像化许可的工作是由吉卜力协助完成的，我们又重新开始了与林格伦方面的交涉。对方很高兴，一再表示盼望已久，合作进展得非常顺利。

就这样，2013年11月，版权管理者、林格伦女士的孙辈们浩浩荡荡地来到日本，走访吉卜力工作室。他们都非常喜欢吉卜力的电影，尤其迷恋宫崎骏的作品，在工作室里围着宫先生和吾朗热烈交谈。

这时，其中一位突然提出一个问题。"网上可以找到以《长袜子皮皮》为原型的画，请问是宫崎先生画的吗？"

我们当场确认，确实是宫先生画的概念图。

宫先生觉得很奇怪："怎么会在这里呢？"我在一旁提醒："这是制作《Animage》特辑时的东西啊。"

"当年宫先生、高畑不是还提出要将整个筹备过程串起来做成书吗？"

听到我们的对话，林格伦的孙辈们很惊讶，他们立即表示："如果能出这样的书，我们会非常高兴。希望你们能把它做出来。"

以上就是这本书诞生的始末。

就这样，经历了一代人之后，无论在瑞典还是在日本，一股新鲜的空气又吹入林格伦的作品之中。

于我而言，跨越三十年的心结得以解开，终于松了一口气。

《来自本书策划者：跨越三十年的心结》，高畑勋、宫崎骏、小田部羊一，
　　《梦幻之作长袜子皮皮》，岩波书店，2014 年

小梅的诞生

宫先生有个特点,说话非常礼貌。不仅对长者,他对下属也会使用敬语。在我的记忆中,宫先生只有一次粗声粗气,说话的对象是馆野。

"脸太大真是对不住了!"

突然这么一嗓子,整个工作室中都回响着他的声音。馆野有些困惑。她一困惑眼睛就特别漂亮,瞳孔凝在一点,一动也不动。在场的所有人都僵住了,紧张得屏住了气息。

事情的经过是这样的。当时刚好进入《龙猫》的作画阶段。在馆野检查过的动画部分中,小梅有一个大特写,整个画面都是小梅的脸。当时办公室的座位布局我记得不太准确,大概宫先生的后面就是馆野的位子。当时她正笑着对邻座的人小声说道:"小梅这张脸啊,能分毫不差地装进整个画面。"

就是那时发生的事情。

"脸太大真是对不住了!"

宫先生为什么会粗声粗气?身在现场的我瞬间理解了。大脸小梅的原型是谁呢?就是宫先生本人。

宫先生的脸很宽。他误以为馆野在拿他的相貌特征打趣。但是馆野完全没有恶意，她连想都没有往这方面想过。

在电影的企划阶段，关于小月和小梅的父亲，宫先生画了两种相貌。一种是后来在电影中出现的长脸形象，另一种是宽脸形象。他拿着两种样貌的画在工作室里转了个遍，到处去问制作团队成员的意见。结果，长脸获得了绝大部分人的支持，于是就被采用了。当时宫先生失望的样子我记得很清楚。

这件事带来两个后果。首先，大家知道了，宫先生偶尔也会粗声粗气地讲话。但他又是个对此比别人在乎多一倍的人，所以在那以后，他对馆野特别温和，同时也开始对小梅抱着特别的情感创作。

馆野原本就很有才华，才华背后是她的不服输和努力。此后，她对小梅的动画检查更加卖力，充分发挥了自己的才能。

不知馆野是否记得这段往事。但是我确信，正是因为她的一句话，小梅的魅力被充分挖掘出来。受到全日本喜爱的小梅因此而诞生。

《小梅的诞生》，《铅笔战记——不为人知的吉卜力工作室》，馆野仁美、平林享子，中央公论新社，2015年

腰封上的话

向关根学习电影文案。

    《关根忠郎的电影吸睛术》，德间书店，2012 年

如果做电影，他也会成为名导。

    落合博满《战士的休息》，岩波书店，2013 年

这种土佐方言改变了日本。

    司马辽太郎《坂本龙马》第五卷，文春文库，2013 年

造物主（God）的代理人。

    《竹谷隆之精密设计画集：造型设计与布局》，G 社，2014 年

向种田先生学习美术，真的太好了！

    种田阳平《创造吉卜力的世界》，角川 one theme 21，2014 年

书架上又多了一本珍惜一生的书。

《传说中的电影美术导演×种田阳平》，Space Shower Network，2014年

不抱紧什么，人将无法存活下去。

麻美，是这样的吧？

砂田麻美《一瞬的云隙》，白杨社，2016年

策展篇

一部作品改变世界

我曾经有过这样的梦想。

原样照搬宫崎骏的画,让它整个动起来会怎样?无论人物还是背景全都动起来,全部是他的画。将这种想法变为现实的是贝克导演的动画作品。

高畑勋和宫崎骏第一次看到贝克先生的作品是在二十五年前。他们俩在洛杉矶看了《摇椅》,一回国就兴奋地对我讲述该片的魅力。他们说,故事情节、主题、表达都达成一致。特别在表达上,与我们制作的赛璐珞动画迥然不同。在我们制作的动画中,将人物融入背景是比较难的。画在赛璐珞上的人物非常平面化,背景描绘得越细致,越会拉大与人物在质感上的差距。绘图还是多人分工合作的。

后来《种树的牧羊人》引进日本。这是贝克先生的巅峰之作。

再后来,我们通过K,开始与贝克先生交流。我惊讶地发现,贝克先生的作品与其人格达成了完美的一致。

与贝克先生相会之后,高畑勋在动画长片《隔壁的山田君》中,尝试将人物融入背景当中。宫崎骏则在《崖上的波妞》里完全舍弃

CG，采用类似绘本插画的背景，手绘动画，尽力追求画面的动感，制作更为活泼灵动的动画电影。

  一部作品可以改变世界。动画电影也在进化。自《种树的牧羊人》以来，世界上的动画作品发生了很大的变化。

弗雷德里克·贝克展

东京都现代美术馆，2011 年

我们的曾经

"我想建一座特摄博物馆。可以协助我们吗?"

有一天,老朋友庵野秀明突然提出这样的请求。那是 2010 年夏天的事。

他说,因为对特摄从业人员和公司的需求减少,此前制作并保存的微缩模型等资料有消亡的风险。它们对很多人来说是没什么意义的存在,但他作为一个特摄迷,心中却有万般不舍,或许不光是自己,很多人也有同样的感受。小时候,看到使用特摄技术制作的电视剧和电影时,总会梦想光明的未来。这样的人过去曾有很多,不,现在应该也有。我被庵野的热忱打动,但这件事确实有难度。如何才能实现它呢?

只有听听各方的意见。我立即召集众人,提出了上述想法。有人建议,不妨先试着在现代美术馆举办一场夏季展览。

建议者认为,首先要调查微缩模型等资料的现状,得到拥有者的协助,这是建博物馆的第一步。该提议非常现实,也很有说服力。我头脑中的想象随之展开。各种特摄模型汇聚一堂,对参观者来说很有意义。首先是趣味性。虽然看上去不过是些哄小孩子的模型，却蕴含着工匠终生的手艺。就算是哄小孩的，也绝非粗制滥造的东西。

只有在这样的世界里，才有真正体现日本人底蕴的优秀范本。

身处这样的时代，回顾工匠们的昔日，让人觉得也不坏。

我们还制作了特摄短片。是庵野想到的企划——《巨神兵在东京出现》。对于巨神兵形象的使用，我也取得了宫崎骏的首肯。庵野的盟友樋口真嗣的加入让整个团队更加完备。接下来，只需等待2012年夏天的到来。

> 特摄博物馆——从微缩模型看昭和平成的技艺
> 东京都现代美术馆，2012年

动画师这个职业

连宫崎骏都对近藤胜也另眼相看。

理由有两个。一是他的绘画和剧情水平非常高,再就是他的性格。可以说是任性,或者说是无所畏惧。曾经以及现在在宫崎骏手下工作的人很多,这一特质是非常非常重要的。

动画师的职责当然是画画,但内容横贯多个领域。让角色登场并动起来,这就是动画师的工作。虽然有负责背景的美术师,还有考虑背景配色、负责最后上色工作的职位,但最辛苦的还是动画师。各部门都有负责人,所有动画师的负责人就是宫崎骏。

宫崎骏原本就是最优秀的动画师,对于剧情,他在画分镜时头脑中已经有了概念。如果有不好的画面或剧情交上来,宫崎骏会马上修改,还会发脾气。动画师们都很怕他,缩手缩脚,难以发挥真正的实力。

这种时候需要有敢说敢做的性格。无论被如何责骂、画作被如何修改都无所谓,依然坚持按照自己的节奏工作,这种特质非常重要。近藤胜也拥有这种特质。他的顽强是在哪里培养出来的呢?

当年,宫崎骏所属的工作室征集动画师,近藤胜也应征进入这个行业。他通过了初试,却在实操考试和面试中落榜。考官当然是宫崎骏。他经过各种磨炼,又从吉卜力的《天空之城》开始参与进来。他是以何种心情加入吉卜力的,我从没问过,但也不难想象。

要想知道本人的想法,不如看看他的代表作《魔女宅急便》和《崖上的波妞》。因为他画了琪琪,大家公认在描绘女孩子上,他比宫崎骏还要出色。他笔下的少女独具魅力。之后,他自己也有了女儿,于是在《波妞》里开创了一片新天地,将精力充沛的活泼幼儿描绘得栩栩如生。

金鱼公主波妞的原型就是他的独生女。为了心爱的女儿,他还参与制作了日清制粉的广告片《可拉喵》。短片结尾处有个小女孩叫出了企业的名字"日清制粉",那就是他女儿。

吉卜力的动画家——近藤胜也展
新居滨市立乡土美术馆,2012年

"昂首向前走"、美国和团块世代

日本战败后，美国文化大量涌入日本，其中之一就是歌曲。不久，电视播放开始了，而歌曲节目分为两种。

一种是面向成年人的歌谣曲节目，由美空云雀、岛仓千代子、三桥美智也等歌手登台演出。另一种是把美国的流行歌曲配上日语歌词，由年轻歌手演唱的面向年轻人的节目。

歌谣曲就让我望而却步。日本歌曲独有的节奏让我生理上难以接受。我想大概是因为对战败的日本有种厌恶情绪。而美国的流行歌曲，即使日本人来唱也是充满魅力的。比日本强大的国家，还有在电视上第一次见识到的美国人的生活，使人有种如果不听那个国家的流行歌曲，就会被时代抛弃的感觉。

上了中学后，我从收音机里接触到美国原声歌曲。康妮·弗朗西丝演唱的《假期》，无论弘田三枝子如何以美国风格演绎，都无法拥有原唱的神韵。

我清楚地记得我第一次买的那张黑胶唱片，如今想起来真是令人怀念。乔安妮·萨默斯演唱的《约翰尼生气了》。现在我不看歌词也能唱出来。

渐渐地，我们开始无法忍受日本年轻人唱的美国歌曲。一是有些丢人，二是明明有原唱嘛。

这时，坂本九"阿九"横空出世。

阿九一开始也用日语唱美国歌，听起来却与其他人的演唱有所不同。我不太记得清时间了，因为阿九同时也演唱一些诞生于日本的美国风格的歌曲，所以我想，这之间也许有些关联。

其中那首《阿九的嗒嗒嗒》简直令人精神一振。

它与之前那些为了成年人创作的歌曲截然不同。主人公是一位少年。那就是我们的歌。我们把它当作人生的应援曲，在房间里一个人哼唱。我还去看了阿九主演的"泡盛君"系列电影，模仿阿九的演唱风格在学校里表演。同学说，那时敏夫模仿阿九的歌曲，还非常得意地自夸呢。

后来我了解到，作词作曲的是青岛幸男。

他在成为东京都知事之前，也是我们那个时代的英雄之一。

接着，我们见证了《昂首向前走》这首歌的诞生。

那并不是少年的歌。它是日本人的歌。是诞生于日本，由日本人作词作曲，此前谁也没有写出来过的歌。

当我听说这首歌远渡重洋，跃居公告牌排行榜榜首时，那种兴奋和喜悦无以言表。日本战胜了美国，在那一瞬间，我居然莫名其妙地感到自豪。

小学时我在电视上看到美国的生活，充满羡慕和憧憬。读了《周刊少年 Sunday》和《周刊少年 Magazine》上关于战争的文章后，我仿佛变成了迟到的爱国少年，上中学后有了自己的吉他，我不只是听美国歌曲，也沉迷于演唱。到了高中，看了东宝的"8·15"系列电影后，我激进奋起。而在大学的学生运动中，反美成了一个重要议题。

到了这个年纪,我明白了一件事。

我们这一代人的人生,在很大程度上受到美国的摆布。

"昂首向前走"展——从奇迹之歌到希望之歌
世田谷文学馆,2013 年

小小的野心

　　这是一次偶然的邂逅。去年夏天，为欣赏幽灵画，我去了全生庵。这几年的夏天都是这样，已经成了惯性。

　　看到一半，出现了一排风格陌生的幽灵图。最初映入眼帘的是牡丹灯笼。阿露和阿米浮在半空。正巧，我不久前刚听了立川志之辅师匠讲的牡丹灯笼，对理解画作非常有帮助，怪谈与图画重叠在一起。阿露太美了。略显凌乱的头发和手。令人怀念又害怕的儿时回忆。番町皿屋敷的阿菊的亡灵也美得无与伦比。

　　我正如痴如醉地欣赏着，作者的名字突然闯入视野：伊藤晴雨。我有些混乱。在我的印象中，晴雨擅长的是欺凌、绑缚方面的画作。他不会画这种柔弱优美的东西。太矛盾了。同行的朋友无视我的矛盾和混乱，自顾自地陶醉在画作中，他指着一盏灯笼让我看，赞不绝口。这是盂兰盆提灯吧！大胆的构图与纤细的线条相辅相成，灯笼上映出的男人的脸带着说不出的恐怖。那天像是做梦一样，给我留下了强烈的印象。

　　这些优美的画作一直让我念念不忘，没过多久，我又一次去到全生庵。这次时间比较宽裕，我确定我没有看错。猫怪谈中猫的可爱之姿以及地狱之釜被掀开的画面，充分显示出晴雨幽默的一面。我问主办方有没有展览的图册，对方告诉我没有，说这是首次公开展出，还有很多其他作品。我渴望看到全部的作品。

晴雨为什么这么吸引我呢？简单来说，我是为晴雨精妙的笔触而倾倒。将画笔抵在雪白的纸上，流畅地画出线条。在作画过程中随性决定浓淡缓急，有种恰到好处的干脆。光是观看就给人一种无可替代的愉悦，非常像我第一次看到《鸟兽戏画》真迹时的兴奋。那是印刷品无法再现的微妙笔致。我的体内涌动着一种快乐。我自知己拙，但也会用毛笔书写和作画，因而会被其笔触的精妙所折服。虽然自己与晴雨完全不可相提并论，但我知道，没有极深的功底，是画不出这种效果的。

我有位对古画很有研究的朋友，我对他讲了伊藤晴雨给我的感受，没想到晴雨居然是他的亲戚。据说是他母亲那边的亲属，大家都对此事缄口不言。我又向我的老东家德间书店的某位资深前辈请教，据说晴雨生活贫困，前辈为了工作曾多次造访他家。

对晴雨的画，一般社会评价比较低，我也曾有过偏见。如今我却提议举办这次展览，因为我坚信，这次公开展出的画作与之前的截然不同。我想请世人重新评判晴雨。这是我的一点儿小小的野心。

晴雨的画轴上都标着小三藏品捐赠。小三师匠最后的那场演出，我也在现场。记得是在纪伊国屋剧场，小三师匠登台之后一言不发，保持同一个姿势静坐。不知什么时候落语才能开始，场内沉默了一段时间，气氛有些焦躁。这时，貌似弟子的人上台来，将小三师匠抱回了后台。之后，师匠便与世长辞。

一定是小三师匠把晴雨带到了我面前。我坚持这样认为。

伊藤晴雨幽灵画展
江户东京博物馆,2016年
初载于《伊藤晴雨幽灵画集:柳家小三藏品》,吉卜力工作室,2016年

电影篇

无常之风

牧野雅弘导演的"次郎长三国志"系列的最大特征是，每一集都有一个明确的主题。在写这篇文章的时候，我又将全系列作品重看了一遍，因此注意到这一点。这次我特别喜欢的是第六部《旅鸦次郎长一家》。或许是因为近来身边人早逝，这部作品对生命无常的细致描述深深地触动了我的心。

次郎长一家因斩杀甲州猿屋的勘助而踏上逃亡之旅，世间之人对他们冷眼旁观。他们被官府追捕，没有一天可以轻松度过。一家无处安身，一些故交旧友也无法收留他们，因为帮忙藏匿会以同罪论处。在颠簸中，次郎长的妻子阿蝶的身体状况越来越糟。

石松的发小七五郎不忍看到这一家的凄惨状况，将他们接回家。他家也很穷，住的是四面透风的破房子。七五郎回到家时，等候的妻子阿园对他说："这么破的房子怎么能收留人家住下呢？"夫妇俩开始争吵。

被七五郎带来等在外面的次郎长一家，默默地听着夫妇间激烈的争吵，最后终于忍不住，全都笑翻在地。夫妇俩莫名其妙的争吵，在外人看来除了好笑，实在没有别的意义。阿蝶也跟着笑了。次郎长对阿蝶说："好久没看到你的笑容了。"这里是这部片子的一大看点。无论多么艰辛不堪，只要还有笑声，人就能活下去。

最近的电影总是充满奇迹，通过描写不可能的事来打动人心。但在该系列电影中，没有任何不可能的事情发生。只描写可能发生的事，并且如果站在观众的角度，所有的故事情节都会让人感同身受。一定会有欢笑和泪水，感触也更加深刻。

病情恶化的阿蝶在一家人的守护中安静地死去，全家老小哭着到野外送葬。电影的片头曲令人印象深刻：

莫道年轻会永久，风乍起时叹无常。

看完整个系列，有处情节我非常喜欢。次郎长也是人，如果遇到什么问题，他会马上与手下商量，全家共同商讨。看到这样的次郎长一家，我瞬间感到极为幸福。

《次郎长三国志第二集》初版 DVD 解说书，《热风》，2012 年 1 月号

儿时的记忆

《Hello！纯一》
导演：石井克人
发行：T·JOY
2014年公映

* * *

很久没有看到以孩子们为主人公的日本电影了。

《Hello！纯一》是勇于挑战这个时代的野心之作。

这部电影细致地讲述了学校的生活和娱乐，以及小孩子的交往方式，描绘了属于孩子们的天真烂漫。

在地震与核电站事故发生之后，希望这部电影能够激励日本的小朋友们。

这是石井克人导演制作这部电影的唯一动机。

据说演员们都自己带饭来参加这部影片的拍摄。

石井导演希望能让小学以下的孩子免费观看，因此这部电影的公映遇到了重重困难。想让孩子们都能看到这部片子，但如果免费，电影院方面就得不到太多收入，真令人为难。

石井导演与我算是旧识。前年九月，吉卜力制作《风起》时，我们曾会面并交谈。这次他给我发来了一封长长的邮件。看过邮件，我首先想到的是T·JOY的纪伊先生。以往电影发行时他给过我们很多帮助，这个时候只能靠他来想办法。我马上拨通电话，速战速决，当场得到了肯定的答复。接下来事情不断推进，又得到AEON CINEMA影院的大山先生的大力协助，最终得以在九十五块大银幕上实现公映。

这部电影让我想起一部老片：清水宏导演的《风中的孩子》。这是战前的一部杰作，以孩童为主人公。在我心中，这两部电影中出现的小朋友们重合在了一起。无论在什么样的时代，孩子都是不变的。两部作品的共通之处在于，虽然没有曲折的故事情节，但小朋友们都是那么活泼而有生气。

近日，俄罗斯的动画作家尤里·诺尔施泰因先生到访吉卜力。和我、宫崎骏坐在一起聊天时，他说了一句话深深地刻在我的心中。

"人生中最重要的，是儿时的记忆和伙伴。"

风若吹起

《人生果实》

导演：伏原健之

发行：东海电视台

2017 年公映

* * *

九十岁的丈夫和八十七岁的妻子。两人一起生活了六十五个年头。六十五年相濡以沫，互相说话都很礼貌。不是"喂"，而是互相以"孩子他爸""孩子他妈"来称呼，或者叫对方的名字，"阿修""英子"，有种恰到好处的距离感。

在电影里，两人都很固执，与女儿女婿保持一月一次的见面频率。这种距离感也非常好。

人如果太过接近，良好的关系就很容易崩坏。

这部电影认真地跟拍了两位老人与山林相伴的生活，是一部耗时两年的纪录片。

他们二位真的很忙，从早忙到晚，但过得很快乐。他们过的是自给自足的生活，要做的事很多。应季的蔬菜水果必须精心培育。蔬菜七十种，水果五十种，包括竹笋、土豆、梅子、柑橘、樱桃、柿子、板栗、草莓、桃子、西瓜、核桃等。腌培根要花上三天时间，由老爷爷负责制作。整理分装在篮筐里则是老奶奶的工作。

他们的家是一座木造平房，有一个大约五十平方米左右的单间，是以丈夫尊敬的建筑家安托宁·雷蒙多的家为原型建造的。天花板超乎一般地高。房间的一角有张书桌，老爷爷每天会在这里写十封信，还会在信纸上画上擅长的插图。他们的生活费是每月三十二万日元的退休金，两个月领一次。

老爷爷是一名建筑师，曾参与名古屋近郊的高藏寺新城的开发项目。但是，老爷爷设想的建造计划未能实施。在削山填谷、山林消失之地，夫妇二人买下了近千平方米的土地。为了在已被填平的土地上尽力恢复山林，他们立志奉献一生。

他们两人的生活方式是不去面对面。人如果相对，难免会因琐事起争执。他们认为，共同向着一个目标努力才是最重要的。

夫妇二人收集杂木林中的落叶，归还给土地。它们会变成腐叶土。老爷爷认为泥土的状态决定食物健康与否，老奶奶则帮他做农事。老爷爷最喜欢吃土豆，老奶奶不喜欢所以不吃，说起这些她只是微笑。出门采购是老奶奶的工作。乘上电车咣当咣当，再换乘地铁到名古屋的繁华街，去荣地下街的食品卖场，买足一个月的必需品。几十年来，她与很多店铺相熟，其中有的店已经传至第二代了。老爷爷非常喜欢吃金枪鱼腹。

就在这样的日子里，有一天老爷爷过世了。他像平常一样在田里除过草之后，回家睡午觉，再也没有醒来。老奶奶孤身一人，但幸好长年的生活习惯救了她。葬礼过后，她开始做早餐，就像每天早上为老伴做的那样。其中当然有老爷爷喜欢吃的土豆。

他们居住的高藏寺，对于生在名古屋的我来说是非常亲切的地方。我离开名古屋到东京生活，至今也已经过了五十年的岁月。想想将来，是时候考虑余下的人生了。什么时候有机会，我想去探访这座鲜为人知的房子。

《人生果实》影院宣传册，2017 年

短评

《飞屋环游记》

　　导演：彼特·道格特、鲍勃·彼德森　发行：迪士尼　2009年

　　看电影的时候，我一直觉得片中的老爷爷就是宫先生。真是个爷爷辈精力充沛的时代呀！

《一封明信片》

　　导演：新藤兼人　发行：东京Theater　2011年

　　九十九岁的理性。

《吸血鬼》

　　导演：岩井俊二　发行：波丽佳音　2012年

　　孤独灵魂的滥交——

　　吸血鬼主人公酷似岩井俊二。

　　真是可怕！

《东京家族》

　　导演：山田洋次　　发行：松竹　　2013年

　　不能这样下去了！

　　——文案是这样的吗？

《赤赤炼恋》

　　导演：小中和哉　　发行：Is.Field　　2013年

　　很久没看过如此令人揪心的电影了。

《小小的家》

　　导演：山田洋次　　发行：松竹　　2014年

　　小家庭中的大悲剧。人生中总有一些无法解释的事情。

《内布拉斯加》

　　导演：亚历山大·佩恩　　发行：Longride　　2013年

　　非常精彩。

　　电影是什么？

　　许久不曾有这样深刻的体会了。

　　看着年迈的父亲与儿子的故事，仿佛看到了美国现代史。

《冰雪奇缘》

　　导演：克里斯·巴克、珍妮弗·李　　发行：迪士尼　　2014年

　　这部电影让我感兴趣的是，主人公已不必借助男人的力量。

　　从中我们可以看到当今这个时代。它很好地继承了原著《冰雪女王》中主人公所拥有的精神，勇于自我牺牲的态度与宫崎骏作品

也有相通之处。其制作总监约翰·拉塞特是我们的美国友人。值得信赖的人制作的作品也值得信赖。

《她》

导演：斯派克·琼斯　发行：Asmik Ace　2014年

人类也曾有懂得爱的那一天。人工智能也会有懂得爱的那一天。

《我们的家族》

导演：石井裕也　发行：Phantom Film　2014年

绝望是希望的开始。超凡杰作。

《超能陆战队》

导演：唐·霍尔、克里斯·威廉姆斯　发行：迪士尼　2014年

我一直认为背景美术决定电影风格。多年好友约翰·拉塞特说这部电影的背景是"东京和旧金山合在一起创造的都市"，在故事背景旧京山中，不只有高楼和道路，连角落街巷中的招牌都描绘得十分逼真。这是一部可以推荐给所有人的作品。

《次世代机动警察：首都决战》

导演：押井守　发行：松竹　2015年

押井守所描绘的未来，在现代一个接一个实现。年过六旬的押井守，能否超越这个科幻变成现实的时代？

《恋人们》

导演：桥口亮辅　发行：松竹、Arc Film　2015年

世上有好傻瓜、坏傻瓜，
还有恶毒的傻瓜。

《瑞普·凡·温克尔的新娘》
　　导演：岩井俊二　发行：东映　2016年
就像网上购物一样，
七海从网上找到一个男朋友。
来得容易的东西，
去得也容易。
他离开了七海。
出现在失意人七海面前的，
是一个自称真白的女人。
她的用户名是瑞普·凡·温克尔。
两人开始共同生活，
不使用任何社交媒体的二人世界。

《聚焦》
　　导演：汤姆·麦卡锡　发行：Longride　2016年
不要掩盖腐臭。
对人类来说，最重要的是言论的自由。
看了这部片子，我对此感受颇深。
我羡慕能为这样的电影颁奖的美国的深度。

《疯狂动物城》
　　导演：拜伦·霍华德、瑞奇·摩尔、杰拉德·布什　发行：迪

士尼　2016年

　　这部电影是如何诞生的呢？

　　如果认为以动物为主人公的电影是给孩子看的，那就大错特错。这部作品在暗示资本主义最终会变成什么样。

　　在迪士尼影片中出类拔萃！

《悄然之星》

　　导演：园子温　发行：日活　2016年

　　打喷嚏的不是男人而是女人。

　　看着这部电影，我突然想起谷川俊太郎。一部杰作。

《无理之人》

　　导演：伍迪·艾伦　发行：Longride　2016年

　　被社会规则束缚，感受到巨大的心理压力和挫败感。

　　伍迪·艾伦为这样的现代人送上一段可使沉重的心情变得轻松的故事。

　　可是，为什么跑到了另一个方向？

《新哥斯拉》

　　总导演：庵野秀明　导演、特技导演：樋口真嗣　发行：东宝　2016年

　　人虽然经常会被希望欺骗，

　　但却不会绝望。

　　这部电影能够在这个国家、这个时代被制作出来，

　　我只想表示深深的谢意。

《你的名字。》

　　导演：新海诚　发行：东宝　2016 年

　　人类最后患上的，

　　是名为希望的病。

　　——看着电影，圣埃克苏佩里的这句话数次掠过我的脑海。

《超级歌舞伎Ⅱ　海贼王》

　　导演：横内谦介、市川猿之助　发行：松竹　2016 年

　　《超级歌舞伎Ⅱ　海贼王》征服了所有观众。

　　剧中有着层出不穷的精彩看点。

　　歌舞伎一定原本就是这样的！

《雌猫们》

　　导演：白石和弥　发行：日活　2017 年

　　活在此时，活在此地。一部杰作！

后记
人生如梦须尽欢

宫崎骏将我踏踏实实过老年生活的愿望打得粉碎。宫先生心思缜密，很早就开始各方面的筹备。那时我正在忙《红海龟》最后阶段的制作，宫先生找了我好几次，一年间反复对我说同一件事。

"铃木应该做一部电影啊！"

他说什么呢？我完全搞不懂。宫先生怕不是痴呆了吧？一开始我这么想。花费十年时间制作的《红海龟》终于要完成了，现在我就是在做电影，宫先生明明知道的啊！然而他还是不断重复：

"铃木应该做一部电影啊！"

我听说从未对《红海龟》表现出任何兴趣的宫先生看了这部影片。一位制作人员在显示屏上检查全片时，突然发现宫先生就站在身后认真观看。

之后，为吉卜力美术馆制作动画短片《毛毛虫波罗》的宫先生突然发出指令，要求将当天上午刚刚检查通过的镜头全部返修。

是《红海龟》点燃了宫先生的斗志，让他受到了刺激。制作团队中弥漫着紧张的气氛。《红海龟》全部是手绘，剧情也非常出色。他一定无法忍受《红海龟》作为吉卜力最后的作品上映。

几天后，在一次闲谈中，宫先生突然说道："如果我有那样的团队，就能制作长片。"

宫先生是个矛盾的人。他总是同时考虑两件事，而且没有任何铺垫直奔主题。我非常认真地告诉他，那是不可能的。

"那是我们从整个欧洲召集的手绘动画师啊。再召集一次实在是做不到。"

宫先生当然对他看过片子的事只字不提，而我也不会唐突地问他何时看过。

由皮克斯开始的三维CG制作让全世界的动画产业发生了巨大改变。现在用电脑制作动画已是全球趋势，手绘动画陷入困境。日本自然也不例外。日本的年轻人逐渐走向三维CG的世界，愿意手绘的人越来越少。日本优秀手绘动画师的作品质量、数量都受到了威胁。技艺高超的动画师年事已高，后继无人。

即便是宫崎骏正在制作的《毛毛虫波罗》，其中一部分画面也是依靠三维CG制作的。但对宫先生来说，三维CG在自由度上有所欠缺，不能像手绘那样完全按照自己的想法来做。

几个月后，宫先生拿给我一本书。

"请你读读看。"

这是一部爱尔兰儿童文学。宫先生每个月必读三到五本童书，这是其中之一。初夏的炎热天气里，我一口气读完了那本书，觉得很好看。它的内容非常适合拍成一部现代的动画长片。第二天早上，我对宫先生说了我的想法，宫先生露出满意的表情。

"但做什么内容是个难题。照搬原作很难拍成电影。"我加上这么一句。

"吉卜力应该制作电影。"

没错。能做的话当然想做。但是由谁来负责呢？这时，宫先生并没有表示出担纲的意愿。

梅雨季节，宫先生又拿出另外一个企划案。这次也是一部外国儿童文学作品。我又花了一夜一口气读完。宫先生问我："应该做哪一部？"

我毫不犹豫地答道："当然是第一部。"

七月，宫先生写了一份企划书。其中有三项内容：

第一，撤回引退宣言。

第二，自己深受这本书触动，但电影不会按原作来拍，要重新创作，故事背景放在日本。

第三，全部手绘。

导演当然是宫先生。去年秋天的NHK特别节目《不了神话：宫崎骏》中详细介绍了我与他后来的对话。节目中我对宫先生说的一句话还曾引发争论：

"如果宫先生在制作过程中死掉的话，这部作品一定会大卖。"

观众看到这里会怎么想呢？

宫先生说，宫崎家并非长寿之家。宫先生的父亲七十九岁去世，去年，宫先生七十七岁的长兄客死他乡。我与宫先生的弟弟至朗关系亲近，按照他的原话："宫崎家没有人能跨过八十岁这道坎。"今年一月，宫先生七十六岁了。

他以七十六岁的年纪制作动画长片，做法一如既往。宫先生打算全权负责，亲自检查作画。制作周期当然也会很长。

这部电影的预算是多少？电影能够顺利完成吗？

去年年底，我一直工作到12月30日。我是为了说服资深动画师本田雄担任该片的作画导演。对这部新作来说，本田至关重要。

他从春天开始担任某个大型企划的总作画导演，我打算把他从那里挖过来。本田说："兼顾两头实在是不可能啊。"然后他表示："所以，我决定接下你们这里的工作。"这件事敲定之后，我马上赶往小金井的吉卜力工作室，向宫先生汇报。在空无一人的工作室里，宫先生正独自一人画着新片的分镜图。

自那以后三年半的时间过去了。当年，因宫先生的引退宣言而感到高兴的只有我一人。整个日本被悲伤的气氛笼罩，只有我不禁在台前露出笑容。我是在想象老年生活的乐趣。卸下了肩上的重担，各种想法浮现出来。今后我要做些什么呢？一想到这些，我就无法抑制喜悦。然而，这不过是一场短暂的梦——人生如梦须尽欢。既如此，唯有全力以赴。

第一次听到《吉卜力的文学》这个书名，我觉得有些夸张，但马上又觉得有点意思。上一本是"哲学"，这次则是"文学"，第三本会是什么呢？我这样想着，眼前浮现出书店的货架上并排摆着三本"吉卜力系列"作品的情景。有何不可！提出这个方案的是责任编辑西泽昭方，三十九岁，单身，东大毕业的文艺青年，似乎在学生时代还玩过职业摔跤，我不知真假。除了定下书名，他还为这本书做了两件事。

本书是汇编了这五年来我散落各处的杂文，还有由访谈整理成的文章。他是组稿之人。一开始他设想的是编一本面向年轻人的人生论集之类的书，但在阅读资料的过程中，主题渐渐发生了改变。书名的灵感来自访谈，因为对象都是文学家。听了他的说明，我对"文学"这个书名也表示赞同。在加藤周一先生看来，文学的范围原本就无限宽广，连音乐也包含在内。

说起与西泽的相识，要追溯到吉卜力作品《地海战记》。岩波书店请我为他们的员工做一次演讲。西泽就是当时的听众之一，在提问环节，他举手问了有关《新世纪福音战士》的问题。当时他才二十几岁。之后，我开始了与他的交往，但一起做书还是第一次。我们经常聊天，聊的多是现代是什么这样的话题。在我看来，他的视角和分析相当有趣，好几次都聊到深夜。

　　再说说本书的腰封。他第一次提出想请池泽写腰封的时候，我当即表示反对。我所尊敬的池泽如果能写，我当然开心，但这是两码事。很丢人的，千万不要！我非常坚决地否定了他的提议。请池泽为我的杂文集写腰封，光是想想就觉得可怕。我也担心会遭到拒绝。

　　正在我已经忘了这项提议的时候，西泽有一天突然告诉我说："池泽先生同意了。"那一瞬间，我认真地盯着他的脸。他的表情中充满了大功告成的满足和自信。我一直认为出版属于服务业。在进入吉卜力之前，我曾经在出版社工作，有当记者和编辑的经验。我本来以为西泽缺乏这一重要的服务精神，现在觉得非常惊讶。西泽，请原谅我一直把你当作一个年近四十的文艺青年，借此机会我要向你郑重道歉。时间真的会改变一个人。想到自那以后十年的时间过去了，心中突然无限感慨。

　　我每次出书都会得到吉卜力总编辑田居因的协助，她看过我所有的出版作品。

　　话说回来，池泽真的会为我写腰封吗？直到现在，西泽都还没有告诉我已经写好了的消息。

2017 年 2 月 8 日

致中国读者

创立吉卜力工作室的时候，在物质和精神上给予我和宫崎骏支持的，是德间书店的社长德间康快。当时宫崎骏还是个无名之辈，我也不过是德间书店的一名普通员工。

德间社长涉足出版、新闻、音乐和电影等多个行业。他最大的特点是，看人不论名气，而是看重品格。

一旦被打动，他就会竭尽全力地支持这个人及其事业。因此，他虽然经历过不少失败，但也是一个让周围所有人无法不敬服的人。

在他身边，我最为敬佩的就是他与中国的文化交流。一是他出版了竹内好主编的杂志《月刊中国》和"中国的思想"系列作品。其次则与电影有关。

"文革"结束后，他在中国和日本举办了中国电影展，成功吸引了许多人参与。七十年代，他掀起了日本电影的热潮，这也是他的功绩之一。由他制作、高仓健主演的电影《追捕》在中国大获成功。此外，他还推出了大片《敦煌》。

当时，他备感自豪的一件事是"往返日本和中国三百次"。

八十年代，被称为第五代的新一代导演崛起，德间社长亦给予了支持。他在日本发行了《黄土地》，取得巨大成功。他也为陈凯歌、张艺谋、田壮壮等导演提供电影制作资金。

在东京国际电影节上，我偶遇了张艺谋导演。当我提到德间社长的名字时，他坐直了身子，对我这样说道：

"德间先生是我的大恩人。"

2018年，《龙猫》在中国定档，我第一时间想到的就是德间社长。

吉卜力的门前有一块石碑，上面写着：

吾志当凌云
　　　——德间康快

这是由宫崎骏亲笔题写的。

2023年4月17日

铃木敏夫

图书在版编目(CIP)数据

变与不变. 吉卜力的文学 /（日）铃木敏夫著；米杏译. -- 海口：南海出版公司，2024.3
ISBN 978-7-5735-0608-5

Ⅰ. ①变… Ⅱ. ①铃… ②米… Ⅲ. ①随笔-作品集-日本-现代 Ⅳ. ①I313.65

中国国家版本馆CIP数据核字（2023）第178192号

著作权合同登记号　图字：30-2023-065

变与不变（全二册）
〔日〕铃木敏夫 著
唐钰　米杏 译

出　　版	南海出版公司　（0898）66568511
	海口市海秀中路51号星华大厦五楼　邮编570206
发　　行	新经典发行有限公司
	电话（010）68423599　邮箱 editor@readinglife.com
经　　销	新华书店

责任编辑　张　锐
特邀编辑　王心谨　杨　奕　赵　晗
营销编辑　陈歆怡　李琼琼
装帧设计　李照祥
内文制作　张　典

印　　刷　山东韵杰文化科技有限公司
开　　本　850毫米×1168毫米　1/32
印　　张　18.25
字　　数　424千字
版　　次　2024年3月第1版
印　　次　2024年3月第1次印刷
书　　号　ISBN 978-7-5735-0608-5
定　　价　108.00元（全二册）

版权所有，侵权必究
如有印装质量问题，请发邮件至 zhiliang@readinglife.com